Deseo®

DULCE Y SENSUAL

Cara Summers

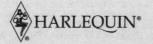
HARLEQUIN®

Editado por HARLEQUIN IBÉRICA, S.A.
Hermosilla, 21
28001 Madrid

I.S.B.N.: 84-671-0324-8
Depósito legal: B-2608-2003
Editor responsable: M. T. Villar
Diseño cubierta: María J. Velasco Juez
Composición: M.T., S.L.
Avda. Filipinas, 48. 28003 Madrid
Fotomecánica: PREIMPRESIÓN 2000
c/. Matilde Hernández, 34. 28019 Madrid
Impresión y encuadernación: LITOGRAFÍA ROSÉS, S.A.
c/. Energía, 11. 08850 Gavá (Barcelona)
Fecha impresion para Argentina:5.7.03
Distribuidor exclusivo para España: LOGISTA

Distribuidores para Argentina: interior, BERTRAN, S.A.C. Vélez
Sársfield, 1950. Cap. Fed./ Buenos Aires y Gran Buenos Aires,
VACCARO SÁNCHEZ y Cía, S.A.
Distribuidor para Chile: DISTRIBUIDORA ALFA, S.A.

Prólogo

A. J. Potter necesitaba un descanso. El taxi en el que iba montada tomó una curva demasiado deprisa y A. J. se precipitó contra la puerta justo en el momento en que había abierto la agenda para mirar la dirección que llevaba apuntada. No estaba huyendo. Solo iba a mudarse a un apartamento a tan solo diez manzanas de la casa de sus tíos.

Necesitaba un descanso de su tío Jamison y su primo Rodney, que todas las noches se sentaba a cenar y se ponía a hablar de los casos que en el bufete le asignaban a él; porque a ella no le confiaban ninguno. Pero sobre todo necesitaba alejarse un poco de su tía Margaret, cuya única misión en la vida era juntarla con un hombre que no llevara la desgracia a la familia Potter. Desde luego no estaba dispuesta a soportar otra cita con ninguno de los elegidos de su tía.

A. J. se reclinó sobre el respaldo del asiento y cerró los ojos. En los siete años que había pasado fuera estudiando en la facultad de Derecho había olvidado lo poco que encajaba en la familia Potter. Pero el último año que había pasado viviendo con ellos había sido suficiente para refrescar la memoria. Desde que el tío Jamison y la tía Margaret la habían acogido en su casa a los siete años, A. J. había intentado demostrarles que podía ser una Potter, que no era como su madre. Pero aparentemente había fracasado.

A. J. abrió los ojos cuando el taxi pegó un frenazo.

3

–El Willoughby –anunció el taxista.

Cuando A. J. entró en el vestíbulo del edificio, se quedó pasmada. La escena que se estaba desarrollando delante de ella le hizo pensar que se había caído por el agujero de *Alicia en el País de las Maravillas*.

La mujer de cabello largo y castaño tenía un aspecto bastante normal. Las maletas, la ropa pasada de moda y la expresión de la mujer la llevaron a pensar que no era de Nueva York.

El hombre era otra cosa. Llevaba puesto un bañador de tela de lunares azules y amarillos y estaba de pie en medio de una piscina portátil para niños.

La música de los Beach Boys sonaba a todo volumen por los altavoces.

A. J. sonrió despacio. Si quería un descanso de su estirada tía y de ser una Potter veinticuatro horas al día, no podría haber elegido un lugar mejor.

–¡Contraseña! –gritó con una voz estentórea.

La mujer de las maletas negó con la cabeza. A. J. se acercó.

Así de cerca, A. J. notó que el hombre tenía un tatuaje en el brazo izquierdo.

–Toto –dijo A. J. en cuanto terminó la canción.

–Casi, pero no –dijo–. ¿Estáis aquí por el apartamento?

–Sí –dijeron A. J. y la otra al unísono.

–Vosotras y cuarenta más –dijo mientras las miraba por encima de sus gafas de sol–. Tavish McLaine es el hombre a quien tendréis que convencer. Este es el día más glorioso para él; el día con el que sueña los otros trescientos sesenta y cuatro días del año. Estará rodeado de mujeres, y cada una de ellas estará dispuesta a hacer cualquier cosa para quedarse con su apartamento.

–Nos gustaría unirnos a ellas –dijo A. J.

El agente inmobiliario le había advertido que habría una subasta, de modo que A. J. necesitaba ver a sus oponentes.

El hombre miró con rapidez a derecha e izquierda, se acercó a ellas y bajó la voz.

–Tendréis que decirme qué actor hizo el papel del león cobarde.

–Bert Lahr –dijeron las dos a la vez.

–Excelente –concedió con una sonrisa.

–¿Entonces Bert Lahr es la contraseña? –preguntó A. J.

–No. Pero me gusta que conozcáis *El Mago de Oz*, así que podéis pasar.

–Gracias.

Cuando las dos mujeres estaban a punto de meterse en el ascensor, el hombre gritó:

–Me llamo Franco. Franco Rossi. Algún días veréis mi nombre en Broadway.

Cuando se abrieron las puertas del ascensor, A. J. ayudó a la otra mujer a meter la maleta más pesada.

–Gracias. Me llamó Claire Dellafield –dijo la mujer.

–Yo soy A. J. Potter –miró a la otra de arriba abajo–. Supongo que somos competidoras.

Claire asintió.

–¿Crees que será caro el apartamento? Porque si es así no dispongo de mucho dinero para competir con nadie.

A. J. pensó que el apartamento podría ser bastante caro. Tavish McLaine, un excéntrico y ahorrativo escocés, tenía dinero para dar y tomar. Pero en lugar de dejarlo vacío mientras él se marchaba tres meses de vacaciones, lo alquilaba durante el verano por medio de una subasta. Nada más enterarse de que era un alquiler y de que podría mudarse con rapidez, a A. J. le había interesado. Y como estaba en Central Park West su familia no se preocuparía.

Cuando su madre había abandonado el hogar paterno, se había mudado a un apartamento sin agua caliente en el Village, junto al hombre que después sería el padre de A. J.

A. J. jamás podría hacerle eso a su familia. La situación de El Willoughby sin duda tranquilizaría los temores de sus tíos. Y el dinero no sería un problema para ella, ya que había heredado un poco de su madre. Pero parecía que sí lo sería para Claire Dellafield. La chica parecía cansada y perdida. Manhattan podía ser una ciudad dura para los no iniciados, y A. J. sintió lástima por ella.

—¿Quieres que nos unamos y apostemos juntas?

—No sé. Yo...

A. J. asintió mientras se abrían las puertas del ascensor.

—Chica lista. Alguien debió avisarte sobre los peligros de la gran ciudad —abrió su bolso y sacó una tarjeta de visita—. Me da la impresión de que la subasta puede estar muy reñida y tengo intención de ganarla. Piénsatelo.

El ruido provenía del apartamento al final del pasillo, delante de cuya puerta se amontonaba un montón de gente. Se abrieron paso entre la gente y A. J. y Claire entraron por fin en el vestíbulo del apartamento.

La entrada estaba llena de mujeres, la mayoría rubias, de distintas formas y tamaños. Como A. J. era menuda y no muy alta, se puso de puntillas para mirar a su alrededor. Finalmente pegó un salto y vio al intermediario que le había dicho lo del piso de Tavish McLaine, Roger Whitfield, encargado de dirigir la subasta.

Cuando volvió a su sitio, A. J. se chocó con una mujer alta y, cosa rara, morena, con un paquete debajo del brazo y expresión resuelta.

Bien, A. J. también estaba empeñada.

Alguien detrás de ella agitó un cheque sobre sus cabezas.

—Aquí está, chicas. Dinero contante y sonante.

Cuatro mil quinientos dólares, por tres meses. Y por adelantado.

–¡Eso no es justo! –gritó otra mujer.

–Tavish me prometió que me lo alquilaría a mí por ochocientos –dijo una tercera.

A su alrededor se armó una buena. A. J. sacó el teléfono móvil y la chequera y marcó el número del móvil del intermediario. Después de dejarlo sonar diez veces, decidió que Roger, tomado por la ambición rubia, no iba a contestar su llamada. Finalmente se volvió a las mujeres que tenía a su lado; había escuchado lo suficiente de su conversación para entender que la morena acababa de ofrecerle a Claire una habitación gratis en el hotel donde trabajaba.

–Pero ni siquiera me conoces –le estaba diciendo Claire.

–Sí, pero mi madre me enseñó que las mujeres debemos ayudarnos las unas a las otras.

A. J. sonrió; la morena empezaba a caerle bien.

–Me llamo A. J. Potter –se presentó a la morena.

–Yo soy Samantha Baldwin.

–Creo que has asustado a Claire con tu ofrecimiento. O más bien que la hemos asustado.

–No estoy asustada –contestó Claire–. Solo fascinada por un comportamiento tan anormal. Al menos para unas neoyorquinas.

Entonces A. J. tomó una decisión repentina.

–Según mis informaciones, este apartamento tiene tres dormitorios.

–No fumo. Puedo pagar mil ochocientos al mes, pero no quiero.

–Yo tampoco fumo. Y puedo llegar a dos mil.

–Entonces te quedarás con el dormitorio más grande.

Las dos se volvieron a mirar a Claire.

–Únete a nosotras –dijo Samantha–. Nos vamos a juntar para compartir el alquiler.

–¿Fumas? –le preguntó A. J.

–No, pero puedo aprender.

Samantha se echó a reír.

–Me gusta la gente con chispa.

A. J. asintió con la cabeza. Además, estaba segura de que Claire necesitaba el apartamento tanto como ellas.

–¿Cuánto puedes aportar al alquiler?

Claire aspiró hondo.

–Ochocientos.

–Así juntaremos cuatro mil seiscientos. No creo que el alquiler suba mucho más.

En ese momento, la puerta del apartamento se abrió y entraron dos hombres.

–¡Tavish! –gritaron varias rubias al tiempo que se lanzaban a él con los brazos abiertos.

En ese momento entendió por qué Franco había dicho que ese día era el que Tavish anhelaba los otros trescientos sesenta y cuatro. Una de las rubias estaba literalmente acariciándole el brazo.

A. J. miró a sus dos acompañantes y decidió que no eran de las que hacían la pelota; por eso le habían caído bien. Pero necesitaba ese apartamento y debía encontrar el modo de hacerse con él.

–Colocaos delante de mí –dijo de pronto Samantha.

A. J. hizo lo que le pedía y entonces vio que Samantha rasgaba el envoltorio de papel marrón que llevaba debajo del brazo.

–¿Qué estás haciendo? –le preguntó Claire.

–Aquí tengo algo que tal vez convenza al señor McLaine para que nos dé lo que queremos.

–¿El qué? –preguntó A. J.–. ¿Una pistola?

–Mejor aún –contestó Samantha y sacó una prenda de una tela de seda negra–. Es una falda mágica.

A. J. y Claire se miraron con escepticismo.

–¿Has dicho una falda *mágica*?

–Sé que parece una locura –dijo Samantha, que la sacudió un poco antes de ponérsela–. Pero es sin duda como un imán para los hombres. Según cuenta la tradición, está confeccionada con una fibra especial que llevará a los hombres a hacer cualquier cosa por la mujer que la lleve puesta. Incluso se supone que tiene el poder de conseguir que la persona que la lleve puesta encuentre el verdadero amor.

–Estás de broma, ¿no?

A. J. juraría que ella tenía una igual; se la había comprado en Bloomingdale's justo después de Navidad. Miró a su alrededor y vio que la única que estaba mirando a Samantha era una mujer mayor que llevaba un enorme anillo con un diamante y un caniche atado de una correa.

–Síganme, señoritas –dijo Samantha.

Entonces se abrió camino entre el mar de rubias en dirección a Tavish.

A. J. miró a Claire y se encogió de hombros.

–Qué daño puede hacernos.

–Cierto.

Entonces A. J. se volvió a mirar a Samantha mientras esta avanzaba despacio hacia Tavish McLaine. A cada paso, Samantha bamboleaba las caderas, y A. J. juraría que la falda brillaba de un modo extraño con el reflejo de la luz.

–Me llamo Samantha Baldwin –dijo cuando por fin estuvo delante de McLaine.

–Tavish McLaine –dijo mientras le estrechaba la mano.

–Tiene el apartamento perfecto –dijo Samantha, y esbozó una sonrisa encantadora.

–Para mí... es... mi hogar –Tavish balbuceó sin soltarle la mano.

–A mí también me gustaría que fuera mi hogar durante el verano.

–Bueno, yo... estoy seguro de que... –empezó a decir Tavish.

9

Entonces Roger Whitfield y otro intermediario se acercaron y se presentaron, pero Tavish no le soltó la mano a Samantha.

Una rubia que había estado a punto de firmar el contrato momentos antes de llegar Samantha, agitó el cheque.

–Un momento, yo le he dado un cheque de cuatro mil quinientos.

–Roger, devuélvele el cheque a Meredith.

–Rápidamente A. J. rellenó un cheque y se lo puso a Samantha en la mano que tenía libre. Dos mil por el primer mes igualaría la oferta de la rubia.

–Aquí tiene... –Samantha miró el cheque–. Dos mil dólares.

Tavish sonrió.

–Así que quieres pagar el alquiler de todo el verano por adelantado.

¿De todo el verano? A. J. miró la falda. ¿De verdad acababan de alquilar un apartamento en Central Park West durante los tres meses de verano por dos mil dólares? A. J. apartó los ojos de la falda y se volvió hacia el intermediario, que estaba a punto de ponerse a babear en cualquier momento.

–¿Caballeros, quién de ustedes tiene los papeles que hay que firmar? –preguntó, refiriéndose también al otro intermediario que acompañaba a Roger.

Cuando Roger hubo sacado unos documentos de una carpeta, A. J. se lo llevó a un lado para que se centrara en el contrato. Por el rabillo del ojo vio que Claire se llevaba al otro intermediario del brazo.

–Usted y yo vamos a pedirle a todas las demás que se marchen. Gracias a todas por venir –le dijo al resto de las mujeres.

–Es un contrato estándar, aunque sin duda no debo olvidar mencionar a Cleo.

–¿Cleo?

–Es el caniche de la vecina del sexto B. Se supone que tenéis que sacarla a pasear. Es parte del acuerdo de Tavish con sus vecinos.

–No hay problema –contestó A. J.

Una hora después, cuando A. J. salió del edificio de Central Park West, dio un salto de alegría. No solo tenía un estupendo apartamento donde vivir, sino también dos compañeras con las que había congeniado inmediatamente.

Y luego estaba la falda. A A. J. se le ocurrió que tal vez pudiera echarle un cable si no podía conseguir que empezaran a tomarla en serio en Hancock, Potter y King, el bufete de abogados donde trabajaba.

Capítulo Uno

La mujer se retrasaba.

Cuando la rubia menuda y bonita no salió del edificio de apartamentos donde vivía a las siete y cuarto en punto Sam Romano sintió aquel extraño cosquilleo en las yemas de los dedos; señal inequívoca de que algo malo iba a ocurrir. En los diez años que llevaba de investigador privado, a Sam nunca le había fallado esa sensación.

Nervios. En ese momento no podía permitírselos. De igual modo que tampoco podía permitirse estar pensando en aquella rubia en cuyo bolso de mano había visto grabadas las iniciales *A. J. P.* Ella no tenía nada que ver con el caso que lo ocupaba.

Sam se frotó las manos en los vaqueros y se volvió a mirar hacia la entrada del Museo Grenelle que estaba en la acera de enfrente. Llevaba vigilándolo desde hacía cinco días, desde que el collar Abelard se había puesto en exposición. El museo había contratado los servicios de Sterling Security, la empresa para la cual trabajaba, porque querían tomar precauciones extras con el collar de cinco millones de dólares que el museo exponía esos días.

Y habían tomado la decisión adecuada. Sam sabía por dos ayudantes que había colocado en un costado y detrás del edificio, que alguien había trepado por la parte trasera a las seis y media de la mañana.

Pero hasta que no lo había visto con sus propios ojos, no se había enterado de que el hombre no era otro que su padrino, Pierre Rabaut, un prominente empresario de Nueva York, dueño de un conocido club de jazz y ladrón de joyas retirado. Sam lo había visto por los prismáticos justo antes de que su delgado y atlético padrino desapareciera por la claraboya a las seis y treinta y cinco.

De eso hacía ya cuarenta minutos. Las alarmas del museo se desconectarían a las siete treinta para el cambio de turno del personal de seguridad del museo, y Sam estaba seguro de que Pierre escogería ese momento para escapar.

«Siempre hay que hacer lo inesperado».

Ese era uno de los lemas de Pierre Rabaut. Y como había compartido aquel consejo y muchos más con el hijo pequeño de un viejo amigo, Sam quería sorprender a Pierre Rabaut con el collar encima; pero no quería arrestarlo. Sam no iba a permitir que eso ocurriera.

Por primera vez en su vida, traicionaría a un cliente para salvar a un viejo amigo. Pierre Rabaut había sido como otro padre para él, sobre todo después de la muerte de su madre, y cuando su padre había conocido y se había enamorado de Isabelle Sheridan. Pierre siempre le había tendido una mano, y Sam se aseguraría de que no iría a la cárcel.

Sam flexionó los dedos y ahogó la necesidad de echarle un vistazo a su reloj. Su disfraz de mendigo no serviría de nada si Pierre miraba por una de las ventanas del museo y lo veía consultando el reloj.

Sam levantó la vista y miró hacia la calle Setenta y Cinco. La rubia menuda seguía sin aparecer. No entendía por qué no había sido capaz de quitarse a la mujer de la cabeza. Sencillamente, no encajaba.

La primera vez que la había visto había pensado que era una niña rica; el tipo de mujer del que él siempre había huido. Aun así, y como la vigilancia prometía ser larga y aburrida, Sam se había dado el

13

gusto de fantasear con ella, con el fin de que el tiempo se le pasara rápidamente.

La facilidad con la que caminaba le dio a entender que la rubia iba regularmente al gimnasio. Se había imaginado su cuerpo menudo y compacto enfundado en un body y unos leotardos de diseño, que se ajustaban a sus curvas y a su piel pálida empapada en sudor. Sin duda practicaría cualquier ejercicio con la misma energía con que salía cada mañana de su apartamento para ir a la boca de metro.

¿Haría el amor con la misma intensidad y pasión? Nada más pensarlo, la rubia había aparecido de repente y le había puesto un billete de veinte dólares en el vaso de plástico. Sus miradas se habían encontrado durante unos segundo y a Sam se le había quedado la mente en blanco. Cuando se había recuperado ella ya se había alejado un poco, y Sam había estado a punto de ponerse de pie e ir tras ella.

Sam sacudió la cabeza al pensar en aquel día. Había estado a punto de estropear su posición secreta. Al segundo día ella se había vuelto a parar y había vuelto a dejarle un billete. Después le había preguntado si estaría interesado en conseguir un empleo. Cuando él le había dicho que sí, ella había contestado que lo intentaría.

En los últimos dos días se había repetido la escena. Ella se había parado, había metido un billete de veinte dólares en su vaso y lo había informado de los progresos en la búsqueda de un empleo para él.

–¿Algún movimiento, señor Romano? –le llegó la voz de Luis Santos con claridad por el dispositivo que tenía en la oreja.

Tenía a dos hombres jóvenes, Luis Santos y Tyrone Bass, colocados en la parte trasera del museo, por donde había entrado Pierre.

Pero Sam no quería contarles a ninguno de los

dos lo que pretendía hacer ese día; si todo iba bien, no tenía por qué enterarse nadie. Pero tenía que salir todo al minuto.

—Todo está tranquilo por aquí —dijo.

Una vez más Sam flexionó los dedos para aliviar el picor.

—¿Qué hora tienes?

—Las siete y veinte —contestó Luis—. Lleva cincuenta minutos ahí dentro.

—Saldrá por la puerta de entrada dentro de diez —predijo Sam.

No tenía ninguna duda de que su padrino saldría del museo con el collar Abelard. El problema sería convencerlo de que lo devolviera antes de que alguien se diera cuenta. Y eso era una tarea bastante dura. Desde luego no tenía tiempo de pensar en la rubia que quería salvarlo de la vida en la calle.

—Veamos —dijo A. J. mientras se ponía la falda por la cabeza y tiraba de ella.

La que tenía colgada en el ropero era idéntica. Casi. Tal vez el aspecto fuera el mismo, pero la falda de Samantha era más suave, más sedosa, más... ligera. Parecía casi como si no llevara nada puesto. Y además le quedaba como un guante.

—Parece... distinta.

—¿Y no se trata precisamente de eso? —le dijo Sam mientras le pasaba una de las tres tazas de café que había preparado—. Si quieres que los hombres de tu oficina dejen de considerarte como una becaria, el primer paso es cambiar de estilo.

—Con la falda luces las piernas; nunca las luces con los pantalones que siempre te pones —señaló Claire.

A. J. se miró en el espejo con el mismo interés con que lo hacían sus dos compañeras. Costaba creer que solo conociera a Samantha Baldwin y a

Claire Dellafield desde hacía menos de dos meses. Y aunque era aún poco tiempo, le parecía que se conocían de toda la vida.

–Me parece que te queda bien –comentó Claire.

–No lo sé. No me siento yo misma con ella.

–Es totalmente normal –dijo Claire–. Cuando una se pone una falda que se supone que va a ayudarte a conocer al hombre de tu vida, da un poco de miedo.

A. J. alzó la mano.

–No estoy buscando al hombre de mi vida. Tan solo quiero que me tomen en serio en el trabajo, y que el tío Jamison confíe en mí lo suficiente para darme casos más importantes.

Su sueño era convertirse en socia en Hancock, Potter y King. En cuanto pasara eso, sus tíos dejarían de preocuparse de que ella pudiera ensuciar el nombre de Potter fugándose con un haragán como había hecho su madre.

Claire y Samantha se miraron.

–Es difícil predecir exactamente qué va a pasar cuando la llevas puesta. La falda tiende a sorprenderte.

Por esa misma razón A. J. había esperado dos meses a ponérsela. La sencilla falda negra que las había ayudado a conseguir el apartamento de Tavish McLaine tenía historia en Manhattan. Había leído tres artículos en la revista *Metropolitan* en los que se demostraba el poder que tenía la prenda para atraer a los hombres.

–Demasiado tarde para dudar ya –le dijo Samantha mientras echaba un vistazo a su reloj–. Ya vas tarde.

–¿Además, qué podrías perder? –le preguntó Claire–. Y si te tienes que poner en huelga a la puerta de la oficina, seguramente algún hombre alto, moreno y misterioso te invitará a salir.

–Pues no estoy interesada en salir con nadie

–contestó A. J.–. El único hombre alto, moreno y guapo que conozco es un vagabundo que se pone en la esquina de la calle Setenta y Cinco. Y desde luego no voy a salir con él.

Se mordió la lengua antes de contarles que estaba intentando buscarle un trabajo al mendigo. Le dirían que estaba loca, y querrían saber por qué. A. J. pensó que eran sus ojos, y tal vez esa intensa y curiosa mirada que le había echado el primer día que se habían visto. Aún recordaba la extraña sensación que le había proporcionado.

–Me metería en un lío si resultara ser el hombre de mi vida.

Entonces sería como su madre, que se había enamorado del hombre equivocado.

–De acuerdo, me marcho con la falda a hacer una prueba en la oficina.

–Buena suerte –le dijo Claire, que le quitó la taza de la mano.

–Vete ya, chica –añadió Sam mientras le pasaba el bolso.

A. J. sonrió cuando Samantha y Claire la empujaron al pasillo y cerraron la puerta del apartamento. Qué diferente se había vuelto su vida desde que las había conocido. Jamás se había sentido tan a gusto en casa de sus tíos.

–¡Holaaaa! Señorita Potter, qué suerte que nos encontremos. Estaba a punto de llamar a su puerta.

El alquiler del apartamento tenía un inconveniente, como le había dicho Roger, y era que había que cuidar de Cleo, una perra caniche de raza. Lo cierto era que los subalquileres no estaban permitidos en el edificio, pero los inquilinos hacían la vista gorda y no le decían nada a Marlon, el dueño del Willoughby, mientras recibieran a cambio otros favores de buenos vecinos. A. J. dio las gracias para sus adentros de que le tocara a Claire pasear a la perra ese día.

La señora Higgenbotham, con su túnica color albaricoque a juego con el cabello, se acercó a ella.

–Tengo que pedirte un favor. ¿Podrías dejar a Cleo en el terapeuta? No estoy vestida para salir, y el doctor Fielding le ha hecho un hueco a las siete cuarenta y cinco. La señorita Dellafield no tiene que sacarla de paseo hasta la tarde. No tiene que esperarla, yo misma puedo ir a buscarla.. O bien... –se dio la vuelta y miró hacia la puerta del sexto C– podría arreglar otra cosa.

A. J. tomó la correa que le pasó la señora Higgenbotham.

–No hay problema.

Había aprendido que accediendo a lo que la mujer le pidiera saldría antes del edificio.

–Bendita seas –dijo y le puso una tarjeta en la mano–. La consulta del doctor Fielding está en Park Avenue. Le diré adiós a Cleo desde la ventana.

Cuando estaba a punto de cruzar las puertas de cristal de la entrada del edificio, Cleo soltó un pequeño aullido.

–Pobre animal –comentó Franco.

–¿Qué te parece el doctor Fielding? –le preguntó A. J. antes de salir.

Franco se sorprendió.

–Es un terapeuta de animales de compañía de mucho éxito; una de las técnicas que utiliza en su trabajo es la de regresión al pasado. Cobra un pico por ello.

Desgraciadamente, la señora Higgenbotham solo quería cruzarla con caniches de pedigrí, y Cleo prefería a los perros vulgares.

–Cleo no necesita que la sometan a esa terapia. Es joven, está sola y es una perra sana. Lo que necesita es un macho fuerte y sano.

–¿Y no nos pasa eso a todos? –dijo Franco en tono sentido.

A. J. pestañeó. No, ella no se había referido a sí

misma. El problema era que había demasiados hombres en su vida; no necesitaba más.

—¿De qué le valen tantos premios si no la dejan ni jugar en el parque con otros perros? Por eso no quiere comer, porque se siente sola.

—Cariño, está condenada a estar sola para siempre si no deja de atacarlos. ¿Qué tal va el proceso?

—Sabes que no puedo hablar de ello —dijo A. J.

En el bufete nadie le dejaría olvidar que el primer caso que había conseguido para la empresa había sido el de una mordedura de perro.

Entonces cayó en la cuenta de que Franco la miraba despacio, de arriba abajo. ¿Habría reconocido la falda? Llevaba mucho tiempo pidiéndole que se la pusiera, y ella le había jurado que jamás lo haría.

—Bonita chaqueta —dijo Franco—. Ese tono amarillo limón te queda muy bien. Tenía razón, tus colores son sin duda los de la primavera.

Franco se daría cuenta, él se fijaba en todo. Además, era un hombre, y según Claire y Samantha, los hombres se fijaban en detalles de la falda que a las mujeres se les pasaban por alto. A. J. empezó a retroceder hacia la puerta de salida.

—La llevas puesta. Sabía que lo harías. Pensé que hablabas de Cleo, pero en realidad estabas hablando de ti misma. Vas a ver si puedes enganchar a un hombre con esa falda. Bueno, me debes diez dólares. ¡Vamos, paga!

Tranquilamente, A. J. sacó un billete del monedero y se lo pasó a Franco.

Franco se lo metió en el bolsillo del kimono y volvió a mirarla.

—Muy bonita.

—¿Cómo sabes que es la auténtica? —le preguntó A. J.; entonces se le ocurrió algo turbador—. No estarás sintiendo algo... especial por mí, ¿verdad?

Franco se quedó sorprendido y la miró fijamente.

–De eso nada. Yo ya he encontrado a mi verdadero amor –le guiñó un ojo–. Y Marlon no llevaba ninguna falda puesta.

–Lo siento. Solo estoy un poco nerviosa.

Franco le dio una palmada en el brazo.

–Es totalmente normal. Recuerdo exactamente lo que sentí cuando estaba soltero y solo en Nueva York. Fue horrible –retrocedió un paso y miró de nuevo la falda–. Pero a ti no te costará en absoluto atraer a los hombres mientras lleves puesta esa falda tan cuca.

–No quiero atraerlos, al menos no de la forma que piensas tú. Solo quiero influirlos. A las ocho y media de hoy tenemos la reunión mensual de nuestro departamento en Hancock, Potter y King. Se asignarán distintos casos, y aunque me hubiera gustado conseguir alguno por mis propios méritos, he decidido que la situación requería medidas desesperadas.

Franco sonrió de oreja a oreja.

–Yo diría que tienes muchas posibilidades. Cuando te da la luz por detrás, como en este momento, la falda se vuelve casi transparente.

–¿Transparente?

–Una mujer con unas piernas como las tuyas no debería tener ningún problema para influir a los hombres –Franco le abrió la puerta y le dio un empujoncito para que saliera a la calle.

–Tú y Cleo formáis un estupendo equipo.

Aunque tenía los ojos puestos en Pierre Rabaut mientras bajaba las escaleras del museo, Sam presintió el instante preciso en que la rubia menuda y el caniche salieron a la calle y echaron a caminar hacia él. El cosquilleo de los dedos se volvió insoportable.

La mujer no podía haber elegido peor momento. A no ser que se equivocara, Sam intuyó que Pierre saldría a la calle en el mismo momento en el que la rubia se pararía a echarle un billete en el vaso de papel y se pondría a charlar con él. Lo que menos necesitaba en ese momento era que lo distrajeran.

Rápidamente estudió la calle a un lado y al otro. Un hombre delgado y con barba, de estatura media, dio la vuelta a la esquina en la acera de enfrente, donde estaba Pierre. Aparte de eso, la rubia, el caniche y él eran los únicos a la vista.

Tenía que esperar para dar el paso siguiente. No podía permitir que Pierre escapara. Si iba a salvar a su padrino de ir a la cárcel, tendría que obligarlo a reemplazar inmediatamente el collar, antes de que nadie se diera cuenta de que había desaparecido.

El error que cometió fue mirar a la rubia. Nada más hacerlo, se le quedó la mente en blanco y se le encogió el estómago, como si acabaran de darle una patada ahí mismo.

Estaba del todo seguro de que jamás había visto unas piernas tan... tan... Por amor de Dios, si ni siquiera encontraba la palabra para describirlas. Mientras avanzaba hacia él con paso firme y decidido, Sam fue incapaz de apartar los ojos de ella.

La falda, si a eso se le podía llamar falda, se ceñía a sus caderas y a sus muslos como una segunda piel. Excepto que la piel no era trasparente, y aquella falda sí.

—Buenos días —se quitó el bolso del hombro y metió la mano en el mismo instante en que se oyó el ruido de un motor; al momento el caniche empezó a ladrar furiosamente.

Sam apartó la vista de la mujer para fijarla en Pierre, pero, incluso entonces, le costó un momento asimilar la escena que se estaba desarrollando delante de él.

Pierre estaba en mitad de la calle con el hombre

delgado de barba. El hombre agarraba a Pierre por el brazo con una mano y en la otra tenía un cuchillo. Ninguno de los dos parecía haber visto la camioneta que aceleraba hacia ellos.

A Sam le dio un vuelco el corazón, pero la rubia reaccionó antes. En ese mismo momento se lanzó sobre los dos hombres con el caniche a la zaga.

Sam se puso de pie de un salto y echó a correr, pero ella le llevaba ventaja. No le iba a dar tiempo. La camioneta iba a atropellarla. En realidad iba a atropellarlos a los tres. Entonces ocurrieron dos cosas simultáneamente. La mujer saltó sobre ellos, precipitándolos hacia atrás, y la camioneta giró bruscamente en dirección de Sam.

Muerto de miedo, Sam se dio la vuelta y se tiró sobre el capó de un coche cercano, justo a tiempo de evitar el impacto de la camioneta, que chocó brutalmente contra el lateral del coche, y lo lanzó con fuerza a la acera.

Sam se puso de pie como pudo, se apoyó un momento sobre el coche para no perder el equilibrio y consiguió apuntar mentalmente la matrícula de la furgoneta antes de que desapareciera por una calle contigua. Entonces miró hacia donde la rubia y su padrino habían quedado tirados en medio de la calle. Ninguno de los dos se movía, y el caniche no paraba de dar vueltas a su alrededor mientras ladraba como un descosido.

—¿Pero dónde...?

Volvió la cabeza rápidamente y vio al hombre delgado de barba corriendo por la acera.

—¡Deténgase! —ordenó con voz ronca, pero el hombre no le hizo ni caso.

—¿Señor Romano? ¿Qué está pasando?

—Ojalá lo supiera —le contestó Sam por el micrófono a Luis—. Hay un hombre con barba corriendo por la calle Setenta y Cinco. Luis, ve tras él. Tyrone, llama a la policía. Yo me quedo con Rabaut.

Hasta que no llegó junto a su padrino y se arrodilló, no vio la sangre. La sangre manchaba la mano de la mujer, pero parecía provenir de una fina herida superficial en el brazo de Pierre. Cuando fue a tomarle el pulso a la rubia, ella empezó a incorporarse.

Le tenía agarrada la muñeca cuando sus miradas se encontraron, y su último pensamiento coherente fue que jamás había visto unos ojos como aquellos. Le recordaron a las violetas, como las que su hermano tenía plantadas en macetas del tejado del hotel. La fuerte sensación que experimentó en sus entrañas desencadenó una oleada de sentimientos. Pero lo cierto fue que no supo catalogar ninguno de ellos. Porque en su mente, totalmente en blanco en ese preciso instante, solo cupo uno.

Era ella.

Era él.

Nada más pensarlo, A. J. intentó desterrarlo de su pensamiento. Y tal vez hubiera tenido más éxito de no haber sido por los sentimientos que irrumpieron en su ser: la delicia, el miedo, la lucidez.

Aquel hombre no podía ser el elegido de su corazón; la persona sobre la cual la falda estaba obrando su magia. De pronto recordó las palabras de Claire. Aquel hombre tenía el cabello y los ojos oscuros, y sin duda era apuesto. Y qué boca. Tenía los labios finos; unos labios que no la besarían con suavidad, sino más bien con exigencia, con energía.

¿Pero por qué estaba pensando en esas cosas? ¿Qué demonios le pasaba? Pestañeó con fuerza e intentó apartar los ojos de los de él.

—¿Se encuentra bien? —le preguntó él.

—Bien —consiguió articular.

—Esa camioneta ha estado a punto de atropellarla.

La camioneta. De repente las imágenes volvieron con nitidez; los dos hombres, el ruido del motor tan cercano... A lo mejor por eso se sentía tan rara; seguramente también explicaría también por qué los ojos de aquel hombre la estaban afectando de tal modo. Al pensar en esa posibilidad sintió alivio.

—Ha sido una subida de adrenalina.

—¿Cómo dice?

—Solo me he sentido rara. Ha sido una subida de adrenalina. Dice que puede causar extraños efectos. Pero me estoy recuperando.

Y así fue, porque finalmente consiguió apartar los ojos de los de aquel hombre. Y por primera vez vio la sangre de uno de los hombres contra los que se había lanzado.

—Está sangrando —dijo al mirar al hombre mayor a los ojos.

—Solo es un rasguño —le contestó con una sonrisa en los labios—. Se curará... a no ser que esté muerto y tenga delante a un ángel.

—No está muerto —vio que tenía un leve acento y los ojos azules más amables que había visto en la vida—. Pero se ha pegado un buen golpe.

—Estoy bien —contestó el hombre—. Y si no eres un ángel, aún mejor.

A. J. pestañeó. ¿Estaría coqueteando con ella? No. Rápidamente se volvió a mirar al vagabundo.

—Deberíamos ayudarlo a incorporarse.

Cuando él le sonrió, A. J. sintió otro estremecimiento. Tenía una de esas sonrisas que invitaban a sonreír.

—Tenemos que hacerlo con rapidez, Pierre —dijo el vagabundo en voz baja y con urgencia—. Dame el Abelard.

A. J. ladeó la cabeza y vio que el vagabundo estaba cacheando al francés.

—Estás equivocado. No tengo el collar, Salvatore.

–¿Salvatore? –A. J. los miró con curiosidad–. ¿Pierre? ¿Es que se conocen?

–Sí –dijo el francés, que se volvió y le sonrió–. El padre de Salvatore y yo fuimos buenos amigos. Salvatore trabaja para una empresa de seguridad, pero ha cometido un pequeño error.

–Me llamo Sam –dijo el vagabundo–. Dame el collar, Pierre. No puedo dejar que hagas esto.

A. J. interrumpió a Sam cuando lo agarró de las muñecas.

–No tiene ningún derecho a cachear a este hombre –se volvió hacia Pierre–. Dígale que lo deje.

–Déjalo.

–Sí, déjelo –dijo A. J.

Sam alzó ambas manos.

–De acuerdo. Pero la policía llegará enseguida –se calló para que el lejano sonido de las sirenas dieran énfasis a sus palabras. Entonces miró a A. J. a los ojos.

–Si quiere ayudar a mi padrino, déjeme esto a mí.

–¿De verdad? –A. J. alzó la barbilla–. ¿Y por qué fiarme de un ladrón?

–No soy un ladrón –contestó Sam, y sacó de su bolsillo una tarjeta–. Soy investigador privado y trabajo para Sterling Security.

–Bueno, señor Salvatore Sam Romano. Trabaje para quien trabaje es usted un ladrón, porque me ha robado veinte dólares cada vez que me ha permitido echárselos en el vaso de papel.

Sacó así mismo una tarjeta de su bolso y se volvió hacia el francés.

–No diga ni una sola palabra hasta que esté presente su abogado. Si quiere, puedo representarlo hasta entonces.

–Eso me gustaría mucho, *madame*... ¿O es *mademoiselle*?

25

A. J. se puso de pie y ayudó al hombre a hacer lo mismo.

El error de Sam fue volver a mirarla. Las medias no habían sido producto de su imaginación. La falda se le había subido un poco, de tal modo que el encaje superior de sus medias se vislumbraba sobre una piel de aspecto terso y luminoso.

A. J. se colocó rápidamente la falda, pero Sam ya la había visto.

Pierre le tomó la mano.

—Ah, no lleva anillo. Entonces es *mademoiselle* —exclamó Pierre—. Dígame que está libre, que tengo esperanzas de conseguir su mano.

—Siento interrumpir el cortejo, Pierre —dijo Sam; las sirenas estaban ya muy cerca—. Pero no tenemos mucho tiempo. Cuando llegue la policía te va a invitar a ir a comisaría a que prestes declaración. Un hombre te apuñaló y otro estuvo a punto de atropellarte. Aún podríamos dejar el collar donde estaba. No quiero que vayas a la cárcel.

Pierre hizo un gesto con la mano para quitarle importancia al asunto.

—¿Y qué importa eso? Lo más importante es que acabo de enamorarme de *mademoiselle* Potter.

A. J. y Sam seguían mirando a Pierre cuando el primer coche patrulla, con las sirenas a toda pastilla, frenó ruidosamente cerca de ellos.

Capítulo Dos

–¿Te he dicho alguna vez lo mucho que detesto a los abogados persuasivos?

Sam apartó un montón de papeles de una esquina del escritorio de su hermano. Cuando este sacó un donut, Sam le quitó un pedazo. Lo bueno de los policías era que siempre tenían algo de comer, y él esta muerto de hambre.

–Bienvenido al club. ¿Quieres contarme cómo diablos estabas precisamente ahí cuando Pierre estuvo a punto de ser atropellado delante de ese museo?

Sam miró la sala que era el departamento de los detectives. La mayoría de las mesas estaban atestadas, aunque ninguna tanto como la de su hermano. Claro que, Andrew Jackson Romano era uno de los mejores detectives de la ciudad.

–¿Qué sabes del collar Abelard?

Andrew lo miró con curiosidad.

–Solo lo que he leído en los periódicos. Está valorado en unos cinco millones de dólares, y la familia LaBreque, dueños de las bodegas LaBrecque, lo trajeron a Nueva York para exponerlo en el Museo Grenelle con el fin de lanzar una nueva línea de vinos que van a exportar a Estados Unidos. Ya lo entiendo. Tú eras parte del equipo de seguridad contratado para proteger el collar.

–Creo que ha sido robado esta mañana.

Andrew frunció el ceño.

–Pues nadie lo ha denunciado.

–Eso es porque el collar está en la vitrina de exposición.

En cuanto Pierre y A. J. se habían marchado en el coche de policía camino de comisaría, Sam había entrado en el museo a echar un vistazo. Y allí estaba el collar.

–¿Entonces por qué dices que lo han robado?

–Esto es extraoficial. Que quede entre hermanos.

Andrew entrecerró los ojos.

–Claro.

–Vi a Pierre Rabaut trepar por la claraboya del techo a las seis y treinta y cinco, y salir por la puerta del museo a las siete cuarenta. Y no creo que entrara a dar una vuelta por el museo.

–Pero has dicho que sigue en la vitrina.

–La firma de Pierre es dejar una copia buena en lugar de la joya auténtica robada. Por eso nunca lo pillaron. A menudo el robo no se descubría hasta años después. Tengo que hablar con él. Y encima su abogado le está diciendo que no hable conmigo.

–Bien. Atengámonos a los hechos. Con seguridad sabemos que alguien quiso atropellarlo a la puerta del museo.

–Sí. Y que un hombre delgado con barba l acuchilló en el brazo.

–Bien –Andrew rebuscó entre los papeles del escritorio–. Acabo de comprobar la matrícula que me diste.

Sam fue hacia la ventana y pensó en A. J. De no haber sido por ella, le habría dado tiempo a encontrar el collar, que ya podría estar de vuelta en el museo. Pero cuando lo había agarrado de las manos para que no siguiera cacheando a Pierre, se le había quedado la mente en blanco.

Había deseado a A. J. desde el primer día que la había visto en la calle. Pero lo de esa mañana había sido totalmente distinto. Cuando ella le había agarrado las manos no había sentido simplemente deseo. La había, como decir... La había reconocido. Era ella. Su padre ya lo había avisado. El día que conociera a la mujer de la que se enamoraría perdidamente, se daría cuenta.

Pero qué cosa más ridícula. No. Eso no era posible. A. J. Potter no era la clase de mujer que estaba buscando. Le había pedido a Luis que de vuelta a la oficina indagara sobre ella. Provenía de una familia de rancio abolengo y trabajaba en el bufete que su tatarabuelo había fundado. Resumiendo, A. J. provenía del mismo tipo de linaje que la mujer de la que se había enamorado su padre, Isabel Sheridan, presidenta de la empresa de su familia.

Repentinamente, Sam sintió un cosquilleo en los dedos y, como por arte de magia, A. J. Potter apareció en la calle del brazo de Pierre, al que ayudaba a bajar las escaleras de la comisaría. El viejo tenía una técnica muy interesante, pensaba Sam mientras los observaba. Pierre iba cuatro veces por semana al mismo gimnasio que Sam, de modo que su padrino no necesitaba ayuda alguna para bajar escaleras. A. J. se rio por algo que dijo Pierre, y cuando alzó la cabeza sus miradas se encontraron.

La atracción seguía ahí. Incluso en la distancia y a través del cristal. ¿Qué demonios tenía esa mujer? Bien, fuera lo que fuera lo averiguaría. Y también hablaría con su padrino.

A A. J. la sorprendió que le costara tanto apartar la mirada de Sam Romano. Al igual que dejar de pensar en él. ¿Por qué?

Tal vez porque Sam Romano no era lo que había pensado. Desde luego no era un mendigo de Nueva York.

–Es un joven fascinante –dio Pierre Rabaut.

–¿Quién? –preguntó A. J., haciendo un esfuerzo para mirar al hombre que acariciaba a Cleo en ese momento.

–Mi ahijado, Salvatore –Pierre le bajó la mano

pero no se la soltó–. Su padre Henry y yo fuimos muy amigos hasta que él murió hace dos años. Llegamos a este país casi al mismo tiempo. Henry trabajó para mí en mi club de jazz hasta que ahorró lo suficiente para abrir su hotel, Henry's Place. Conozco a todos los Romano, Nick, Tony, Andrew y Sam, desde pequeños. Sam siempre fue el más listo de todos. A veces eso pasa con los más pequeños.

–Supongo. ¿Por qué su ahijado quiere meterlo en la cárcel?

–No quiere. Pero es un hombre de principios. Lo han contratado para que cuide de que nadie robe el collar, y él piensa que yo he hecho eso. Creo que quiere convencerme para que lo devuelva.

A. J. estudió un momento a su cliente, a quien le hubiera echado sesenta años si él no le hubiera dicho que tenía setenta y cinco. Era un hombre delgado y atlético que se movía con gracia y agilidad. Decidió que le recordaba a Fred Astaire.

–Pero usted no lo robó –dijo–. El collar sigue en el museo.

–Sí –contestó Pierre–. Así es.

Cleo eligió ese momento para ponerse boca arriba. Inmediatamente, Pierre empezó a rascarle la barriga.

–Es una perra encantadora.

–Mis compañeras de piso y yo pensamos que se está convirtiendo en una perra fácil.

Pierre se echó a reír.

–Tiene un gran deseo de ser amada. Pero esta belleza necesita ser amada por el macho adecuado. Debería presentarle a mi perro, Antoine.

–No, por favor, no lo haga. Al menos que sea un caniche de raza. De otro modo, la señora Higgenbotham, su dueña, me cortará la cabeza.

–Ah –Pierre se incorporó y sacudió la cabeza con pesar–. De modo que el matrimonio de la señorita Cleo está ya concertado. Qué pena. Normalmente resultan en tragedia. Es mucho más sabio hacerle caso al corazón.

A. J. lo miró un momento mientras él continuaba acariciando a la perra. Habría jurado que no estaba hablando solo de Cleo.

Una limusina se detuvo junto a la acera; de ella salió un conductor.

–Salvatore no va a parar hasta que consiga hablar conmigo. Siempre l han fascinado los rompecabezas. Continuará hasta el final, se lo aseguro.

A. J. se quedó pensativa un momento.

–¿Entonces por qué no concierto una entrevista? Así podré estar presente.

–Sí, eso sería lo mejor –Pierre sonrió y se llevó la mano de A. J. a los labios–. Siempre he admirado a las mujeres bellas e inteligentes, *mademoiselle* Potter. Me recuerda usted a alguien que conocí hace mucho tiempo.

A. J. se quedó callada. Su cliente estaba pensando en sus recuerdos, y A. J. percibió una mezcla de felicidad y tristeza en su expresión.

–¿Qué le parece entonces esta tarde? ¿Digamos, sobre las cinco? –le sugirió Pierre–. Hay una pequeña cafetería llamada Emile's. Está cerca de los juzgados y sirven un café excelente. Su carta de vinos es superior, también. Creo que le gustará.

–Me parece bien –contestó A. J.

–¿Se lo comunicará a Salvatore?

–Por supuesto.

A. J. esperó a que la limusina se hubiera marchado con su cliente antes de dar media vuelta y subir de nuevo las escaleras de la comisaría. Una reunión con su cliente no era lo único que pretendía comunicarle a Sam Romano.

–Sam, vuelve a la tierra.

–Lo siento –Sam se volvió de espaldas a la ven-

31

tana para hablar con su hermano—. ¿Qué estabas diciendo?

—Pues que la camioneta pertenece a una constructora. Denunciaron su robo esta mañana.

—Entonces no fue un accidente.

—Probablemente no —Andrew miró a su hermano—. ¿Tienes alguna prueba de que Pierre haya afanado el collar, aparte de que haya dejado copias en robos anteriores?

—Eso y el hecho de verlo entrar en el museo por la claraboya. Es lo bastante bueno como para bloquear las cámaras de seguridad y desconectar las alarmas.

—Maldición —dijo Andrew.

—Tal vez lleve encima el collar auténtico en este momento.

Andrew retiró la silla y colocó los pies sobre la mesa.

—¿Pero por qué? Pierre Rabaut lleva cuarenta años viviendo en Nueva York y ha sido un ciudadano modelo. Dirige un club de jazz de mucho éxito y muy lucrativo, y participa en un par de comisiones del Ayuntamiento. ¿Por qué volver ahora al crimen?

—Sí, yo pensé lo mismo cuando lo vimos entrar en el museo. Era muy bueno robando, ¿sabes? Uno de los mejores. Tal vez lo hizo para saber si aún era capaz.

—Pues vaya idea. Pero ¿y el hombre del cuchillo y el de la camioneta? ¿Cómo encajan esos?

—Pierre sabía que habría seguridad, pues lo comunicaron en las noticias. Supongo que el tipo de la barba era un cómplice que debía agarrar el collar y echar a correr. Así Pierre no sería sorprendido con el collar encima. El tipo de la camioneta es otra cosa. Estaba ahí para agarrar a Pierre. Así que mientras Pierre tenga el collar, estará en peligro.

—¿Qué podemos hacer? Eso no es suficiente.

–Lo que quiero es convencerlo para que devuelva el collar antes de que lo pillen, pero la señorita A. J. Potter no me deja acercarme a él.

Andrew lo miró con los ojos como platos.

–¿La señorita A. J. Potter? ¿Pierre tiene una abogado y te está costando tratar con ella?

–Es... –Sam empezó a pasearse por la sala–. Deberías haberla visto cuando se lanzó sobre Pierre y el barbudo. Con lo menuda que es, ni siquiera se lo pensó dos veces.

–A. J. Potter... Supongo que será una monada.

–Sí. Es... –Sam hizo una pausa; aunque nunca le había importado hablar de las mujeres con su hermano, de repente no era capaz de hablar del físico de A. J., o de que sus ojos le recordaban a las violetas–. Es... yo... es difícil de describir.

–Ya lo veo. Estás tartamudeando.

–No... Quiero decir...

–¿Está soltera?

–Sí. Pierre le tomó la mano y se la llevó a los labios. Es un conquistador. Le dijo que se había enamorado de ella.

–Será mejor que me la presentes, hermano.

Sam miró a su hermano fijamente.

–Olvídalo.

–Bueno, esto se pone interesante. Primero sientes celos de un viejo, y ahora me adviertes que no me haga ilusiones. Tienes que presentármela.

–No.

Justo en el momento en que a Sam empezaron a picarle las puntas de los dedos, Andrew le silbó suavemente.

–Demasiado tarde. Tenemos compañía.

Nada más darse la vuelta Sam vio a la mujer con el caniche avanzando hacia él, antes de fijar la vista en sus piernas. La falda parecía subírsele a cada paso que daba, y Sam sintió que se quedaba sin fuerzas.

A. J. se hubiera detenido a medio paso de no haber sido porque Cleo la tiraba de la correa. En esa ocasión volvió a experimentar la subida de adrenalina, y eso que él no la estaba tocando. Eran sus ojos. La miraba de un modo en que no la había mirado nadie; como si pudiera verla por dentro.

–Dos cosas –dijo A. J. cuando llegó donde estaba él, rezando para recordarlas, pero él se le adelantó.

–Quiero ver a mi padrino.

–Bien. Esa era la primera. Quiere reunirse con usted en un café francés, Emile's, junto a los juzgados, a las cinco y media de hoy.

Entonces esbozó una sonrisa luminosa, encantadora. Ella sintió deseos de hacer lo mismo, y se mordió el carrillo interno de la boca para no hacerlo.

–¡Y en segundo lugar! –alzó la cabeza y extendió la palma de la mano–. Quiero que me devuelva mi dinero.

–¿Dinero?

–Sí, los cien dólares que le he ido dejando en su vaso de papel en estos últimos cinco días.

–Vaya –Sam alzó los brazos, como rindiéndose–. Se los di a un vagabundo que frecuenta los alrededores del hotel de mi familia. Tal vez a él le interese ese trabajo que me estaba buscando.

–Si se está burlando de...

Con rapidez, él le tomó la mano y la guio hacia la puerta.

–¿Yo, burlarme? Jamás. ¿Por qué no lo invito a un café y hablamos de Pierre y del dinero?

–Tengo café aquí mismo –dijo Andrew, que le tomó la otra mano y le pasó una taza de café–. Y tengo cierta información sobre la furgoneta que intentó atropellar a su cliente.

Era una de esas veces en las que Sam hubiera deseado ser hijo único. Su hermano no solo se la había quitado, sino que había dejado una silla libre para ella.

–Qué perro más bonito –dijo Andrew–. ¿Es hembra o macho?

–Cleo es una hembra. Y le encantan los hombres. Mi vecina la lleva a exposiciones. En este momento está buscando al macho ideal para cruzarla.

–Mi hermano no tiene modales –dijo mientras se colocaba a Cleo en el regazo–. De otro modo nos habría presentado. Soy Andrew Jackson Romano, pero puede llamarme Andrew.

No iba a asesinar a su hermano, pero desde luego ya lo había avisado. De un momento a otro le daría un puñetazo en la nariz; cosa que no hacía desde el instituto. ¿Cómo podía sentir celos? Pero al ver que otros dos detectives se levantaban de sus escritorios y avanzaban hacia A. J., Sam se dijo que así era.

–No quiero café, gracias. Voy con mucho retraso a una reunión en mi oficina. Mi cliente me pidió que le diera un mensaje al señor Romano, y también quería aclarar lo del dinero. ¿Es cierto, como dice, que se lo ha dado a un vagabundo?

–Si quiere puedo enterarme.

–Andrew... –empezó a decir Sam en tono de advertencia.

Andrew suspiró.

–Siempre puede usted fiarse de la palabra de Sam, señorita Potter.

A. J. le quitó el caniche a Andrew del regazo y se volvió hacia Sam.

–Después de la charla de esta tarde, dejará en paz a mi cliente. ¿Entendido?

Los dos hermanos la observaron sin decir ni pío hasta que A. J. desapareció por la puerta.

–Muy bonita. Si al menos se le hubiera subido la falda un poco más.

Sam se volvió hacia su hermano.

–¡Eh, solo estaba admirando el paisaje! Es...

–¿Sí... ?

Andrew carraspeó.

–En interés del amor fraternal, es justo que si decides que no te interesa, yo sea el siguiente.

Sam frunció el ceño.

–No quiero... –se calló, sorprendido al ver que no podía terminar la frase.

Andrew le sonrió.

–¿Lo ves? Te habrías dado cuenta antes si fueras tan buen detective como yo.

Sam no dijo nada. De camino a la puerta iba muy pensativo.

A. J. miró su reloj y corrió escaleras abajo con Cleo a la zaga. Las diez. Había perdido otros diez minutos pasándole el mensaje de su cliente a Sam Romano. Pero Pierre había insistido. Y era su cliente, al fin y al cabo. Tal vez habría empezado a dar saltos en la calle de no haber sido por el hecho de que su primer cliente le había hecho perderse la reunión mensual en la empresa.

A no ser que... Sacó su teléfono móvil y enseguida la secretaria de su tío le pasó con el despacho.

–Ari... Oh, lo siento. Había olvidado que ya no podemos llamarte así.

A. J. suspiró profundamente. Su primo era el único de la familia que la pinchaba con el tema de haberse cambiado el nombre legalmente a A. J.. Lo había hecho antes de ir a la facultad. Para ella, el nombre de Arianna le recordaba a los vestidos rosas y a las meriendas formales que había tenido que soportar para darle gusto a su tía Margery.

–Rodney, no me digas nada. El tío Jamison ha anunciado su jubilación y el comité te ha nombrado director de la empresa.

–Dirigiré el bufete antes de lo que tú crees. Voy a

trabajar con papá en el caso Parker Ellis Chase. En un par de meses, será mío.

–Felicidades.

A. J. ahogó los sentimientos que la embargaron. Tener celos era una pérdida de tiempo, y la decepción... Bueno, con el tiempo podría hacer algo para que eso cambiara. Parker Ellis Chase era el caso con el que soñaba cualquier abogado.

–Saliste en televisión. Papá quiere verte en cuanto llegues. ¿Un accidente en el que el conductor se da a la fuga? –Rodney chasqueó la lengua–. Papá no está nada contento.

–Gracias por la información, Rodney. ¿Se ha hablado algo de mí en la reunión?

–Tienes unas cuantas indagaciones que hacer. He dejado los archivos sobre tu mesa.

A. J. se cuidó de que al hablar no se le notara la decepción que sentía.

–Gracias. Llegaré enseguida.

Mientras buscaba un taxi, Cleo gruñó levemente.

–Lo sé, cariño. Llegas tarde a tu cita. Pero he llamado al doctor Fielding y va a intentar buscarte un hueco.

Miró a derecha e izquierda, pero no vio ningún perro por la calle. A quien sí vio fue a Sam Romano saliendo de la comisaría, y rápidamente echó a andar en dirección opuesta a él, hacia la otra esquina, con el fin de buscar un taxi.

Justo al llegar a la esquina, Cleo gruñó con fuerza y entonces empezó a ladrar.

El tirón que le dieron por sorpresa por la espalda la obligó a doblar las rodillas; entonces el hombre la agarró del brazo y tiró de ella para que se pusiera de pie. Con la mano libre, A. J. agarró la correa del bolso, y lo lanzó hacia la cara del hombre. En cuanto él le soltó el brazo, ella le propinó una patada en el estómago.

Él cayó de rodillas mientras maldecía entre dientes, y entonces A. J. pudo ver que tenía barba y que era delgado, aunque también fuerte y lleno de empuje.

—No voy a darle mi bolso —dijo ella, agarrándolo con fuerza.

Pero el hombre se incorporó rápidamente y se lanzó sobre ella, agarrándola por las muñecas, mientras Cleo ladraba como una loca.

—Vamos señorita. Va a...

Entonces dejó de hablar y se quedó mirando fijamente la falda

«Por favor, que funcione», pensó A. J. al ver cómo la miraba el hombre.

—¡Suélteme!

Pero el tipo no se movió. Era como si lo hubieran hipnotizado.

A. J. empezó a temblar. Estaba claro que no iba a conseguir que soltara el bolso, de modo que optó por intimidarlo.

—Mira, tío. Suéltalo mientras puedes. Te reconoceré e irás a la cárcel.

Entonces él se movió. La miró a los ojos y A. J. aprovechó ese momento para tirar con fuerza de la correa. De pronto cayó hacia atrás, haciéndose mucho daño.

Entonces el hombre de barba echó a correr calle abajo con Cleo y Sam Romano persiguiéndolo.

—¡Cleo, detente!

No podía permitir que le pasara nada al animal. A. J. se puso de pie y echó a correr tras ellos.

A. J. aspiró con fuerza mientras evitaba a un peatón que se acercaba de frente. Unos metros más adelante, vio a Cleo desaparecer por un callejón y sintió un miedo tremendo. Si algo le ocurriera...

No. Decidió pensar en positivo y puso todo su

empeño en continuar corriendo. Al entrar en el callejón la repentina falta de luz la obligó a pestañear repetidamente para acostumbrar la vista a la oscuridad, pero no se detuvo mientras intentaba localizar a la perra.

−¡Cleo! −dijo con voz ronca y débil.

El corazón le latía alocadamente y los pulmones la quemaban. Cuando finalmente se le acostumbró la vista a la penumbra, distinguió dos figuras al final de la calleja. Cleo tenía que estar allí.

Sam maldijo entre dientes. La luz al final del callejón se oscureció al tiempo que un camión daba marcha atrás. Corrió lo más aprisa que pudo, pero el barbudo le sacaba todavía unos treinta metros de ventaja. Entonces vio que su presa se colaba por la pequeña abertura de luz que quedaba.

Sam estiró los brazos para romper el golpe contra el lateral del camión. Se puso de rodillas y pensó en meterse debajo del camión para continuar la persecución. Pero al ver la barandilla del metro, entendió que sería una pérdida de tiempo. Cualquier tipo tan espabilado como parecía el barbudo estaría en ese momento perdiéndose entre el público bajo tierra.

Sam se puso de pie, se apoyó contra el camión y aspiró hondo.

−¡Cleo!

Se dio la vuelta a tiempo de agarrar a A. J., que se precipitaba sobre él.

−¡Cleo!

−Está aquí −dijo Sam.

Y era cierto. Cleo estaba en el suelo a los pies de Sam. Fue entonces cuando A. J. se dio cuenta de que Sam la abrazaba. El corazón le latía igual que delante del museo. Y en ese momento A. J. sintió que su sitio estaba allí, entre los brazos de Sam Romano.

Era él.

No. Era la adrenalina resultante de todo lo que acababa de pasar.

–El hombre... –A. J. se apartó del pecho de Sam.

–Ha huido. ¿Sabes?, corres muy bien.

Cometió el error de mirarlo, y para colmo él le regaló una de esas sonrisas fascinantes.

–Gracias.

–Seguro que hacías atletismo en el colegio.

A. J. lo miró sorprendida.

–*Cross*. Soy malísima con el sprint.

–Pues yo no lo diría. Eso es lo que cuenta. Y estoy seguro de que también haces pesas.

A. J. asintió. Entonces, repentinamente, se dio cuenta de que estaba en un callejón oscuro en brazos de un extraño alto, moreno, misterioso y apuesto. Un extraño con unos ojos del color del chocolate, profundos como dos simas...

–Señor Romano –empezó a decir, pero cientos de sensaciones le bloquearon el pensamiento; sensaciones que le proporcionaban sus brazos fuertes, su torso fuerte como una roca y el intenso calor que parecían generar juntos.

–Quiero besarte.

Su cuerpo ya había empezado a relajarse, pero le quedaba un último retazo de cordura.

–Usted... No deberíamos...

Él volvió a sonreír.

–Siempre hago cosas que no debería hacer, ¿tú no? –le dijo, tentándola con su aliento cálido–. Ponte de puntillas –le susurró él.

Ella hizo exactamente lo que le pedía y Sam le rozó los labios con los suyos. Pero a A. J. le supo a poco. Le deslizó las manos hasta la nuca y lo atrajo hacia sí hasta que sus labios volvieron a rozarse.

–¿Quiere más? –dijo él.

Capítulo Tres

Oh, desde luego que quería más.

El beso empezó siendo suave. Sam le mordisqueó los labios. Aunque eso no debería haber sido suficiente para despertarle los sentidos de aquel modo, o para provocar que le temblaran las piernas como le temblaban.

Era él.

De nuevo las palabras se colaron en sus pensamientos, insidiosas. En ese momento solo podía pensar en saborearlo, en continuar deleitándose con aquel hombre moreno y sensual. Se puso de puntillas aún más y se pegó a su cuerpo. Los labios de Sam Romano empezaron a mostrarse más exigentes y apasionados, y finalmente sus lenguas se enredaron.

Siempre había soñado con que alguien la besara así, puesto que lo sentía como algo familiar y nuevo al mismo tiempo. Jamás había sentido una necesidad tal de estar tan cerca de alguien, ni tampoco el placer que burbujeaba en su interior.

Oh, sí. Era ella. Sam era cada vez más consciente de eso.

Tenía los labios tan suaves y tan húmedos. Hacía mucho tiempo que quería besarla, seguramente desde la primera vez que la había visto. Pero ella no se había equivocado al decir que no deberían haber empezado. Sobre todo porque besándola había nacido algo que no podría terminar

41

con facilidad. Se dijo que tenía que dejarlo, pero también que quería continuar un poco más. Su boca era tan suave y caliente, y lo besaba dulce y apasionadamente. Sam le mordisqueó el labio inferior y ella gimió sin poderlo remediar. Quería quitarle esa americana amarilla, retirarle la blusa y acariciarle muy despacio cada centímetro de su piel. Entonces le metería las manos por debajo de esa falda y...

–¡Eh!

El grito lo liberó de la parálisis que parecía atenazar todo su cuerpo. En ese mismo momento el penetrante ladrido de un perro reverberó entre las paredes del callejón. Sam volvió la cabeza y vio un hombre fortachón que avanzaba hacia ellos.

–¿Este perro es suyo?

Sam le echó el brazo por los hombros a A. J. y se volvió hacia el hombre.

–Sí, lo es.

El hombre le entregó la correa.

–Vigílela. Ha estado coqueteando con mi perro, Buster. Si no tuviera ya casi dieciséis años, tal vez lo hubieran hecho. En cuanto vi los tres nombres en el collar pensé que tendrá que tener cuidado con quién se junta, ya me entiende –el hombre los miró–. Hay seres que están hechos el uno para el otro. Pero una princesa y un mendigo...

–Lo entiendo –comentó Sam asintiendo con la cabeza; el hombre podría haber estado hablando de A. J. y de él, la princesa y el mendigo, y por lo que él había observado, el final solo era feliz en los cuentos de hadas–. Gracias por su amabilidad.

–No pasa nada –dijo el hombre con una sonrisa antes de darse la vuelta.

–Pobre Cleo –comentó A. J. mientras acariciaba a la perra–. Está tan sola. La señora Higgenbotham le está buscando un macho adecuado, pero mientras tanto ella está...

–Frustrada –Sam terminó la frase al tiempo que echaba a andar hacia la entrada del callejón.

–Y va al psicólogo.

Sam sonrió.

–Te estás quedando conmigo.

–No. Le están tratando algo llamado disfunción de intimidad canina.

–Vaya, seguro que eso cuesta un pico.

–Pues creo que sí.

–¿Y qué significa eso en lenguaje más accesible?

–Pues que a Cleo no le interesa cruzarse con los machos del club canino que a la señora Higgenbotham le escoge, y siempre la atraen los que no le convienen. No tiene buen gusto.

–Desde luego tuvo buen tino cuando mordió al barbudo en el tobillo.

–Cierto. Ahí estuvo de maravilla. No la hubiera creído capaz de algo así.

Por un momento sus miradas se encontraron y Sam le sonrió. Estaba sudoroso después de la carrera que se había pegado, no sabía cómo ayudar a su padrino y se había dado cuenta de que deseaba a una mujer que no era para él. Debería haberse sentido frustrado. Pero en realidad se sentía... contento.

–Creo que tú también estuviste de maravilla –sin poder evitarlo, Sam le retiró un mechón de pelo de la cara–. Cómo defendiste tu bolso. La mayoría de las mujeres se hubieran limitado a ponerse a gritar. A. J., yo... –esos ojos violeta lo estaban volviendo loco–. Quiero volver a verte. Pronto. Esta noche.

–No.

Sam ignoró cierta sensación de desilusión.

–Entonces mañana. Conozco un sitio que te gustará.

–No. No puedo salir contigo, y punto.

–¿Por qué no?

–Por dos razones. La primera, represento a Pierre, y no creo que estuviera bien...

Él sonrió mientras la conducía del brazo hacia la entrada del callejón.

–No pasa nada. No hablaremos de él. ¿Cuándo puedo pasar a recogerte? Mejor aún –dijo, mirando de un lado a otro de la calle–, tomemos un café y así podrás decirme dónde te gustaría ir –nada más ver un pequeño café en la esquina, tiró de ella hacia allí.

–No. Cleo llega tarde a su cita con el doctor Fielding, y yo llego muy tarde al trabajo. Además, no hay nada que discutir. La segunda razón por la que no quiero salir contigo es que ya no salgo con hombres. Últimamente he tenido muchos desastres en ese terreno.

–Entonces tampoco hablaremos de ellos.

–No seas ridículo –A. J. se detuvo en mitad de la calle–. Tengo que irme a trabajar.

En ese momento Sam vio al hombre de la barba doblando la esquina. Estaba hablando por un móvil. Nada más verlo, el hombre se dio la vuelta y echó a correr calle abajo.

–Vamos –Sam la agarró con fuerza y corrió hacia la esquina.

–¿Me has oído? No voy a tomar café contigo, ni tampoco a quedar después –dijo, pero ella y Cleo no perdieron el paso.

–No vamos a tomar café –dijo Sam mientras pasaba entre un grupo de personas que esperaban el autobús–. Acabo de ver al tipo que intentó quitarte el bolso.

–¿Dónde?

Al doblar la esquina, volvió a verlo.

–Ahí –señaló con la mano libre–. ¿Ves? Va por acera de enfrente.

Pero cuando echaron a correr, el hombre se montó en una camioneta verde que arrancó y se puso en marcha.

–¡Maldición! –exclamó Sam aminorando el paso–. No he podido ver la matrícula. ¿Y tú?

–No –contestó A. J.–. No se me ha ocurrido. ¿Crees que volvía por mi bolso?

–Eso es exactamente lo que yo me estaba preguntando. Me cuesta creer que apareciera por casualidad.

Sam se detuvo en un puesto de perritos calientes, y pidió dos cafés y dos perritos, uno de ellos con todo.

–Necesito comida. ¿Tienes hambre?

A. J. lo miró fijamente. Estaba claro que el hombre no aceptaba un «no» por respuesta.

–No, no tengo hambre. Y te he dicho que no tenía tiempo para tomar un café.

Él le sonrió.

–Agárrame esto un momento.

Se agachó y le dio una salchicha a Cleo y entonces le ofreció el perrito que llevaba de todo a A. J.

–¿Quieres un mordisco?

El olor a cebolla frita, a mostaza y a chile consiguió que le sonaran las tripas. Al momento aceptó dar un mordisco, que le supo a gloria.

–¿Cómo puede estar tan rica una cosa tan mala para la salud?

Sam se echó a reír; tenía una risa contagiosa.

–Esa mezcla de bueno y malo... es el ingrediente clave de la tentación. Irresistible.

A. J. lo miró entonces. A la luz del día, con aquellos ojos tan risueños, le resultó verdaderamente tentador. Y tenía que olvidarse de él, y de lo que había ocurrido en el callejón.

–¿Entonces dónde quieres ir esta noche?

Ella dejó de pensar en lo que estaba pensando y contestó:

–Estás obsesionado.

Él volvió a sonreír.

–Estoy empezando a pensar lo mismo.

–Mira. Tal vez te hayas llevado la impresión equivocada. Quiero decir... tal vez haya sido por lo que ha pasado en el callejón. Ese beso...

–Sensacional, ¿no te ha parecido? Estoy deseando que nos demos otro.

A. J. aspiró hondo y lo intentó de nuevo.

–Esto... nosotros... no podemos permitir que vuelva a ocurrir. No nos convenimos en absoluto. Seguramente te habrás dado cuenta.

Él la miró entonces con detenimiento, ladeando un poco la cabeza.

–Tal vez no deberíamos. Pero me parece que nos besaremos de nuevo y a menudo. Ahora que los dos sabemos cómo es, será una poderosa tentación –Sam lanzó el vaso de papel vacío en una papelera y le echó el brazo por los hombros–. Pero puedo esperar. Y ahora que he comido un poco, quiero averiguar por qué el tipo de la barba está tan empeñado en hacerse con tu bolso. Tal vez Pierre te haya metido el collar sin que te dieras cuenta y lleves todo el día paseándolo de un lado a otro.

A. J. se soltó de él y paró un taxi.

–Sin duda estás obsesionado. Pierre no robó el collar. Cuando deje a Cleo en el psiquiatra, veré si te pueden dar cita a ti.

Él le abrió la puerta del taxi. En cuanto ella y Cleo se montaron, él se sentó junto a ella.

–¿Pero qué... ?

–Cambie de sentido ahora mismo –le dijo Sam al conductor mientras le dejaba un billete de veinte dólares sobre el asiento delantero.

Al dar la vuelta, Sam se precipitó sobre ella.

–Estás loco –dijo A. J.

–Eso parece –dijo mientras la miraba a los ojos–. Y además quiero ponérselo difícil a esa camioneta verde que pretende seguirnos.

A. J. esperó, sin atreverse apenas a respirar, mientras Sam la miraba con intensidad. De pronto se dio cuenta de lo cerca que estaban el uno del otro, y por un momento pensó que se besarían de nuevo.

–¿Adónde vamos? –preguntó el taxista, interrumpiendo sus pensamientos.

A. J. le dio la dirección del doctor Fielding mientras Sam se apartaba de ella un poco para mirar por la luna trasera.

A. J. apretó los puños. ¿Pero qué demonios estaba pensando? ¿En besar a Sam Romano en un taxi? ¿En hacer el amor con él? En realidad, en las dos cosas.

No volvieron a cruzar palabra hasta que dejaron a Cleo en la consulta del doctor y el taxi tomó rumbo hacia el Edificio Potter.

–A. J., hay algo que necesito decirte.

–¿El qué? ¿Nos sigue la furgoneta?

–No. Mira, sé que tienes en mente el bien de mi padrino. Así que te voy a contar algunas cosas sobre Pierre Rabaut que no sabe nadie. Te lo digo porque pienso que tal vez estés en peligro. Tengo que saber que esto no irá más allá.

–De acuerdo.

Sam le tomó las dos manos.

–Antes de retirarse hace cuarenta años, Pierre era uno de los mejores ladrones de joyas de Europa. El hecho de que lo viera entrar por una claraboya del museo y salir por la puerta de entrada me hace pensar que él robó el collar. Y quiero que lo devuelva antes de que lo pillen.

–Pero...

Sam levantó una mano.

–No, escúchame primero. Creo que el barbudo le sacó a Pierre un cuchillo delante del museo. Le dije a mi hermano que me parecía un montaje. Pierre sabe que hay mucha seguridad, así que podría haber quedado con un cómplice para que este hiciera como si le robara a la entrada del museo. Pero entonces el tipo de la camioneta interrumpió el robo. Estoy seguro de que Pierre sigue teniendo el collar. Pero ¿y si el atracador no es cómplice de

Pierre y cree que Pierre te lo ha pasado a ti? ¿O que tú sabes dónde está? En ese caso, tal vez el de la barba esté detrás de ti.

–Sabes, estás empezando a asustarme; aunque tengo que recordarte que el collar sigue en el museo.

–Hay algo que he olvidado mencionarte.

–¿El qué?

–Pierre siempre dejaba copias de calidad en el lugar del robo para que este no fuera descubierto inmediatamente.

A. J. tragó saliva.

–No, él no lo hizo. Me dijo que el collar Abelard seguía en el museo, y yo lo creo.

–Esta claro que el de la barba no tiene la misma fe en Pierre que tú. A no ser que pueda estar persiguiéndote por otra razón.

A. J. sintió un inmenso calor en las manos, que Sam continuaba agarrando. Pero el calor no parecía provenir solo de sus manos. Habría jurado que salía de la falda.

–No. No puede ser...

–¿De qué hablas? –le preguntó Sam.

–La falda. Cuando forcejeábamos por el bolso a la puerta de la comisaría el hombre de la barba se quedó embobado mirándola. Yo pensé que tal vez estuviera ejerciendo sobre él una especie de encantamiento. Pero no puede ser.

–¿El qué?

–No es posible que la falda atrajera a un atracador.

Sam la miró.

–¿Dónde la has conseguido?

A. J. le contó lo que sabía de la falda.

–Y se supone que...

–Que atrae al verdadero amor –terminó de decir Sam.

A. J. lo miró con asombro. No le estaba diciendo

que estaba loca ni nada de eso; parecía como si conociera la falda.

–¿Intentas tomarme el pelo?

–Nada de eso –la miró y le sonrió–. Me he topado antes con esta falda.

–¿De verdad?

–En un caso en el que trabajé el invierno pasado. Se escribió un artículo sobre ella en la revista *Metropolitan*.

–¿Y tú crees en sus poderes? ¿Que la fibra que lleva puede precipitarte en brazos del verdadero amor?

–¿Quieres decir algo así como el destino? –preguntó y la miró a los ojos–. Mi padre creía en esas cosas. Después de morir mi madre, se enamoró de una mujer muy rica, Isabelle Sheridan, de los Sheridan de Boston. Él pensó que era el destino, que había encontrado a la mujer de su vida, pero no le salió bien.

–¿Por qué no?

Él se encogió de hombros.

–Provenían de mundos distintos –entonces le sonrió–. Pero a mí me parece importante salir con gente. ¿Cómo es que a ti no?

–Ya hemos hablado de eso.

–No. Hemos hablado de por qué no quieres salir conmigo. Te pregunto por qué no quieres salir en general. Dame dos buenas razones.

–De acuerdo. La primera es que he decidido centrarme en mi trabajo en este momento de mi vida. Y la segunda es que últimamente no he tenido suerte con mis citas.

–Estoy seguro de que eso ha sido porque has pasado mucho tiempo con hombres tipo club canino.

–¿Cómo?

–Ya sabes, machos como a los que Cleo se ve condenada. Muchos nombres, de buena raza, de modales impecables, pero tremendamente aburridos.

A. J. no pudo evitar la risa.

–Podrías probar a alguien del otro lado de la historia.

–No creo... –dijo A. J., mirándolo entonces a los ojos.

Cuando el taxi tomó una curva, Sam aprovechó para abrazarla.

–Bueno, como a lo mejor no vamos a salir juntos, no veo qué hay de malo en repetir.

Y entonces la besó.

Cualquier duda que pudiera haber tenido se desvaneció en el momento en el que el dulce sabor de esa mujer lo empapó. Era pecaminosamente dulce. Suave y fuerte al mismo tiempo. Ella le agarró los hombros con fuerza y se estremeció junto a él. Sam hizo un esfuerzo sobrehumano y consiguió apartarse de ella antes de perder del todo el control.

–El Edificio Potter –anunció el taxista segundos después.

Se miraron sin hablar.

–¿Por qué has hecho eso?

–Para darte algo en qué pensar. La fruta prohibida siempre es irresistible.

Después de acompañarla al ascensor, Sam volvió al taxi y le dio otro billete de veinte dólares al taxista.

–Si ve la camioneta verde o a un hombre delgado y con barba, con una camiseta gris y vaqueros negros, le daré otros veinte.

Sacó el móvil y marcó el número de Luis.

–¿Sí, jefe?

–¿Qué hace Rabaut?

–Hará media hora que su limusina volvió al club. Tyrone está en el callejón y lo tiene localizado en su apartamento.

–Deja a Tyrone en el callejón. Quiero que vengas al Edificio Potter. Si la abogada que Rabaut enganchó esta mañana sale del edificio, quiero que seas su sombra. ¿De acuerdo?

—Claro, jefe. Estaré ahí en quince minutos.

Sam se arrellanó en el asiento y cerró los ojos. No sabía qué estaba pasando, pero lo averiguaría. De momento se alegró de que, por primera vez en todo el día, los dedos no le picaran.

Mientras subía en el ascensor hasta el piso cuarenta, A. J. se dijo que debía dejar de pensar en Sam. Y para empezar se fijó en el único otro ocupante, un joven de unos veinte años. Lo había oído preguntarle al portero por el piso del bufete. Y desde que se había metido en el ascensor, el chico no había dejado de mirarla.

—¿Ocurre algo? —le preguntó ella—. ¿Tengo un agujero en la media?

Él alzó la vista rápidamente y la miró a la cara; parecía casi como si acabara de salir de un trance. Entonces A. J. se fijó en el espejo que había detrás del chico y vio que la falda se le había subido de tal modo que se veía el encaje de las medias. ¿Cómo demonios... ?

Agarró la falda y tiró de ella hasta que sintió que bajaba la cinturilla.

El chico silbó y A. J. lo miró de nuevo. Sonreía con petulancia.

—Yo no veo nada malo. Estás... preciosa. ¿Quieres hacer algo esta noche?

La actitud de gallito contrastaba con el miedo que vio en su mirada.

—¿Tiene algo con Hancock, Potter y King? —le preguntó directamente, ignorando su pregunta.

—Mi padre... quiero decir... Tengo una cita con el señor Potter. ¿Sabe algo de él?

—¿Rodney o Jamison? —preguntó.

—El que es el jefe.

–Entonces será Jamison. Es mi tío. Y yo soy la otra Potter... A. J. –le tendió la mano.

Él le estrechó la mano.

–Yo soy Parker. Parker Ellis Chase. Puedes llamarme Park.

Enseguida A. J. se dio cuenta de que Parker Ellis era uno de los clientes más importantes del bufete. Aquel debía de ser su nieto.

–¿Conoce tu tío a algún juez que se pueda comprar?

–El tío Jamison no soborna a ningún juez.

Él chico se encogió de hombros.

–¿Te has metido en un lío?

–Solo por un robo. Mi padre tuvo que volver de Japón.

A. J. tuvo que tragarse la curiosidad, pues en ese momento se abrieron las puertas del ascensor. Su primo Rodney se apartó de una esquina de la mesa de recepción y se acercó a ella con una sonrisa de satisfacción.

–Papá quiere verte cuanto antes.

–¿Tienes algún problema? –le preguntó Park, que apretó los puños.

–No. Todavía no –se puso entre él y su primo–. Me entretuvo un nuevo cliente.

–¿Es este? –preguntó Rodney mientras miraba a Park de arriba abajo–. Primero un perro, después una camioneta que se da a la fuga, y ahora esto. Cuadra. Jamás impresionarás a la junta si continúas trayendo esto a la empresa.

–Permíteme que te presente a Parker Ellis Chase. Tiene una cita con tu padre –mientras Rodney se ponía colorado como un tomate, A. J. agarró del brazo a Park y lo condujo a través de las puertas de cristal que había detrás de la recepción–. El despacho de mi tío está al final del pasillo a la izquierda. Su secretaria se ocupará de ti.

–Supongo que estarás contenta –dijo Rodney en cuanto el chico desapareció por el pasillo.

Ella volvió adonde estaba él.

–No. Ese chico me cae bien, y tú lo has insultado.

–Me has tendido una trampa. Me dijiste que era tu nuevo cliente.

–No. Solo dije que mi nuevo cliente me hizo retrasarme. Fuiste tú el que concluiste que me estaba refiriendo a Parker.

–No pasa nada –dijo su primo, que pasó junto a ella en dirección a las puertas de cristal–. Ya lo arreglaré cuando me ocupe de este caso. Tiene que ir a juicio esta tarde.

A. J. pensó de nuevo que desde que sus tíos se habían hecho cargo de ella, la rivalidad había sido intensa por parte de Rodney, y todavía continuaba. Además, parecía odiarla todavía más desde que había entrado en Hancock, Potter y King.

–Señorita Potter, tiene una llamada –le dijo la recepcionista, sacándola de su ensimismamiento.

A. J. se volvió hacia el teléfono.

–A. J. Potter.

–Solo tenía curiosidad.

Reconoció la voz de Sam al instante.

–¿Curiosidad por qué?

–Por saber si tu voz era igual por teléfono que en persona.

La suya era vibrante, profunda y las cosquillas le llegaron hasta los dedos de los pies.

–Además, no estoy acostumbrado a dejar a mis citas en el ascensor. Prefiero acompañarlas hasta la puerta.

–No tenemos ninguna cita, Romano.

–Tienes que reconocer, abogada, que nuestro pequeño encuentro de la mañana tiene algunas de las características de una cita. Caminamos, charlamos, comimos juntos y luego nos besamos.

A A. J. le costó evitar el mar de sensaciones que acompañaba el recuerdo de aquel beso.

–A. J..

Levantó la vista y vio a su tío a la puerta, acompañado de Rodney y de un hombre alto de pelo cano y aspecto distinguido, que reconoció como Parker Ellis Chase por las portadas de las revistas.

–Tengo que dejarte –dijo mientras le pasaba el teléfono a la recepcionista.

Los hombres la miraban en silencio. Su tío la miró como si hubiera cometido un crimen.

Sin bajar la vista, A. J. se bajó la falda con el mayor disimulo posible.

–¿Sí, señor?

–Por aquí –dijo el tío, que dio media vuelta y los condujo hacia su despacho.

A. J. sintió que sin duda no iba a darle una buena noticia.

Capítulo Cuatro

A. J. se sentó en una silla del despacho de su tío, sintiéndose como un niño al que fueran a echar una reprimenda. Jamison le había pedido a los Chase y a Rodney que esperaran fuera un momento. Pero solo la intimidaba con su prolongado silencio.

El tío Jamison raramente hablaba con ella, ni en casa, ni en el trabajo. Aunque se había criado en su casa, pocas veces le había dado consejos. La última vez había sido para sugerirle que se tomara unas vacaciones y se divirtiera en lugar de entrar en la facultad de Derecho. Cuando ella había ignorado su sugerencia y había entrado en la facultad de Derecho de la Universidad de Harvard, él le había dicho que esperaba que trabajara en Hancock, Potter y King cuando se licenciara. En realidad le había dicho que sería una vergüenza pública que se metiera en cualquier otro despacho.

—¿Te gusta tu apartamento nuevo?

A. J. levantó la cabeza, sorprendida.

—Está bien. Mis compañeras de piso son estupendas. Los vecinos un poco... raros. Pero agradables.

A. J. lo estudió un momento. ¿Estaría enfermo? Las pocas veces que la había llamado a su despacho había sido cuando había habido algún problema.

—Como sabrás ya, el partido de golf de la empresa es mañana.

A. J. lo sabía bien. Hancock, Potter y King se tomaban lo del golf muy en serio. Como el exclusivo club de campo de Winchester donde celebraban el partido no admitía a mujeres en el campo hasta después de las cuatro de la tarde, A. J. esperaba aquel día con impaciencia para tomárselo libre.

–Tu tía va a celebrar un cóctel mañana después del partido. Quiere que estés allí. Incluso te ha pedido cita en el salón de peluquería.

A. J. aspiró hondo.

–No creo que...

–Me gustaría que estuvieras ahí. Esta mañana he recibido una llamada de un posible cliente. Podría proporcionarle pingües ingresos a la empresa, y quiere conocer a todos los Potter que trabajan aquí. Son una empresa familiar y quieren una empresa familiar para representarlos –Jamison se aclaró la voz–. Mencionaron que te vieron esta mañana en la televisión.

–De acuerdo. Estaré allí. ¿A la misma hora de siempre? ¿De cinco a siete?

Su tío asintió.

–También recibí una llamada de Pierre Rabaut esta mañana. Va a trasferir todos sus negocios a la empresa, y quiere que seas tú la que los lleves.

A. J. lo miró sorprendida.

–Me contó cómo le salvaste la vida, y también cómo te ofreciste a representarlo cuando declaró en comisaría. También me dijo que tenía mucha suerte al tener a una abogada en la empresa con un pensamiento legal tan agudo y con un espíritu tan generoso.

A. J. se quedó sin habla. Pierre no le había dicho nada de eso a ella.

–Buen trabajo –añadió el tío Jamison.

Le faltó poco para quedarse boquiabierta.

–Gracias.

–¿Hablando de otra cosa, qué sabes de la juez a Stanton?

–En la Oficina del Fiscal se la conoce como «la juez de la horca».

–¿Y qué opinas de ella?

A. J. pestañeó. Primero la elogiaba y después eso. Era la primera vez que su tío hacía cualquiera de esas dos cosas. Le echó una mirada rápida a la falda. Tenía que estar funcionando.

–La jueza Stanton se precia de ser ecuánime. No cree que el modo de librar del crimen a esta ciudad sea mimar a los acusados económicamente débiles. Pero también tiene cuidado de no favorecer a los ricos solamente porque tengan más dinero.

Su tío asintió.

–Tú ganaste el último caso con ella.

A. J. volvió a sorprenderse.

–He seguido tu trabajo en los juicios. Necesito saber cosas de Stanton porque el hijo del señor Chase deberá aparecer ante ella a las tres en punto de la tarde. No he conseguido un aplazamiento.

–No los concede fácilmente.

–Esta vez el chico se ha metido en un buen lío. Ha tenido otros dos encontronazos con la ley. El señor Chase tiene ciertas influencias, y consiguió la condicional las otras dos veces. Pero en esta ocasión Collins, el ayudante a fiscal del distrito, se niega a hacer ningún trato. Vas a tener tu trabajo planeado.

–Mi trabajo...

Su tío sonrió levemente.

–El joven señor Chase está empeñado. Tú eres la Potter que quiere que lo represente esta tarde ante el juez. Y tal vez funcione. Cuando la jueza Stanton te vea, no verá la misma connotación de dinero e influencia que ve en mí –deslizó una carpeta sobre su escritorio y se levantó–. Tienes unas dos horas para reunirte con tus clientes y prepararte.

Cuando el ayudante del fiscal del distrito estaba haciendo la exposición del caso, A. J. experimentó un cosquilleo en la nuca. Volvió la cabeza un instante y vio a Sam entrando en la sala.

–¿Y qué tiene que decir en favor de su cliente, señorita Potter?

A. J. volvió a centrar su atención en el procedimiento judicial y se puso de pie; no estaba en absoluto preparada para enfrentarse a la jueza Stanton.

Mientras exponía su caso, A. J. notó los fallos de su exposición. Y la juez estaba claramente al tanto del problema. Los dos Chase, sentados frente a ella, representaban cualquier cosa menos una familia unida. La madre, que tenía la custodia, estaba fuera del país. El padre no dejaba de mirar el reloj o de tocarse el busca para ver si vibraba, y el hijo estaba cabizbajo a su lado.

De haber estado en el lugar de la juez, habría visto la palabra «reincidente» en cada gesto de la cara de Park. El enviarle al apartamento vacío de su madre mientras su padre se metía en el primer avión de vuelta a Japón no iba a resolver nada. Mientras hablaba, intentó convencer a la juez precisamente de eso.

–Señorita Potter, es usted una brillante abogada. Se desenvolvió muy bien en el caso Billings del mes pasado. Pero ahora parece estar diciéndome que el señor Chase probablemente volverá a robar si lo suelto. Y el hecho de que su padre quiera restituirlo, no hace desaparecer el delito. ¿Verdad o no?

–Me temo que sí, Su Señoría. Por eso no recomiendo que al joven señor Chase le sea concedida la condicional y dejado al cuidado de sus padres, esta vez.

La jueza Stanton la miró con los ojos muy abiertos y frunció el ceño.

–¿Ah, no?

–Tengo otra sugerencia.

–Si la defensa va a sugerir servicios sociales –dijo Collins–, tendré que objetar. Sin supervisión, el señor Chase no se presentará y dentro de una semana volveremos a estar aquí.

–¿Señorita Potter? –le preguntó la jueza.

–Estoy de acuerdo. Su madre está fuera del país y su padre lo estará en cuanto acabe esta vista. Por eso, si Su Señoría tiene a bien, puedo arreglarlo para que Park vaya al hogar para chicos del Padre Danielli, en el Soho. Allí podrá hacer servicios sociales y estará vigilado.

La jueza entrecerró los ojos.

–Hay lista de espera para el hogar del Padre Danielli. Precisamente, tengo a dos jóvenes en esa lista.

–Puedo meterlo, Su Señoría –dijo A. J.–. Hablé con el Padre Danielli antes de venir para acá.

Durante unos momentos se hizo silencio en el tribunal. A. J. aguantó la respiración y cruzó los dedos. El convencer al Padre Danielli de acoger a Parker había sido facilísimo comparado con el esfuerzo que le había costado convencer a los dos Chase. Al final, Chase padre había accedido porque tenía que asistir a una reunión, y Park porque parecía fiarse de A. J.

–Póngase de pie, joven –la jueza lo estudió un momento–. Si estuviera de acuerdo con la sugerencia de su abogada, ¿cumplirá usted su parte?

–Su Señoría, mi hijo... –empezó a decir Parker Chase padre.

–No creo que me haya dirigido a usted, señor. ¿Joven, se quedará en el hogar y seguirá las reglas?

A. J. le puso a Parker una mano en el brazo.

–Sí, señora –contestó Park.

–El Padre Danielli le proporcionará un trabajo. ¿Cree que podrá mantenerlo?

–Lo intentaré, señora.

Eso pareció satisfacerla más que la primera contestación de Parker. Lo apuntó con su dedo.

–Pues hágalo. Debería sentirse afortunado de que conozco al Padre Danielli y el trabajo que hace. Y doblemente afortunado porque su abogada tiene suficiente influencia con él para meterlo. De otro modo, los resultados de esta vista habrían sido muy distintos. La próxima vez que lo vea por aquí, tendrá que cumplir condena –entonces señaló a A. J.–. Quiero un informe semanal, señorita Potter. Ocúpese de que lo reciba puntualmente.

–Sí, Su Señoría.

–¡Siguiente caso!

Sam observó a los dos clientes y a A. J. bajando las escaleras del tribunal. Casi estaba acostumbrándose a la sensación que lo invadía cada vez que la veía. Casi. Porque jamás había experimentado nada igual en toda su vida.

Un hombre inteligente se apartaría de ella. Pero en su naturaleza no estaba el alejarse de preguntas sin respuesta, y tenía muchas en relación a A. J. Desde el tipo de abogada que era, hasta lo que le gustaba para desayunar. Y más cosas.

Al menos sabía algo de ella; que A. J. Potter era una estupenda abogada.

Chase padre e hijo parecían apagados en ese momento. El padre le estaba diciendo algo a A. J. mientras abría la puerta de un taxi para que entrara su hijo.

Sam miró a su alrededor y vio a Luis con un grupo sin duda de juristas tomándose un descanso. Al chico se le daba cada vez mejor seguir a alguien con discreción. Sam se volvió a mirar hacia la calle. Eran casi las cinco y no había rastro de la limusina de Pierre delante del Café Emile.

En ese mismo momento, una elegante limusina negra se detuvo a la acera justo cuando sel taxi de Chase arrancaba. A Sam le dio tiempo a reconocer al conductor de Pierre al dar la vuelta al vehículo para abrir la puerta. Tanto él como A. J. se dirigían ya hacia la limusina cuando la camioneta verde se detuvo al lado de la limusina de Pierre y otra limusina lo hizo detrás. Dos hombres fortachones salieron de la segunda limusina. El tipo de la barba saltó de la camioneta y fue hacia A. J.

Sam echó a correr como un loco.

–¡Luis! –pudo gritar antes de que uno de los dos hombres se interpusiera en su camino.

El hombre se lanzó sobre Sam con todas sus fuerzas, y este sintió como si se hubiera chocado contra una pared de ladrillo, pero la fuerza los envió a los dos al suelo. Momentos después, Sam levantó la cabeza y vio a Luis sobre el barbudo. El chófer de Pierre se estaba encargando del otro fortachón.

–¡A. J., corre!

Al momento el fortachón lo lanzó en el aire y su cuerpo chocó violentamente contra la acera. Sam sintió un dolor horrible en las costillas, pero tenía que aguantar.

Como pudo volvió la cabeza y vio que el barbudo había empezado a perseguir a A. J. A pesar del dolor, Sam se decidió sin vacilar. Tenía que sacar de allí a A. J.

Entonces vio que uno de los fortachones se lanzaba de nuevo hacia él. En el último momento se echó hacia la izquierda y le metió un puñetazo al tipo en toda la boca. El dolor en el brazo fue tremendo, pero Sam lo ignoró y sin perder tiempo le propinó tal rodillazo que lo lanzó al suelo. Entonces aprovechó ese momento para correr hacia A. J. y agarrarla de la mano.

–¡Corre! –consiguió decir casi sin aliento.

–Pierre –dijo–. No deberíamos... dejarlo.

–Tiene a su conductor –le contestó Sam; en cuanto llevara a A. J. a una distancia prudencial, volvería.

Cuando llegó a la esquina, miró hacia atrás justo a tiempo de ver a los dos hombretones agarrando a Pierre, que forcejeaba como un loco, hacia la otra limusina. El conductor de Pierre y Luis estaban tirados en el suelo.

–Están secuestrando a Pierre –dijo A. J. mientras corría junto a él.

Al momento siguiente la limusina arrancó y cambió de sentido; la camioneta verde estuvo a punto de atropellar a un peatón por querer seguir a la limusina.

Sam aspiró hondo y se esforzó por correr aún más deprisa. Era consciente de que alrededor de los dos hombres que había en el suelo se había reunido un grupo de curiosos y que un reportero con una videocámara estaba filmando la escena. Pero él no desvió la atención de la limusina, rezando para que se detuviera en el primer cruce.

Claro que no lo hizo.

–Más deprisa –le dijo a A. J. sin para de correr.

Ella no perdió velocidad. Pero aún estaban a más de veinticinco metros cuando la limusina dobló la esquina haciendo chirriar los neumáticos y desapareció.

Durante unos segundos permanecieron allí, medio inclinados hacia delante, intentando recuperar el aliento. Cuando Sam se volvió a mirar hacia el juzgado vio que el conductor de Pierre estaba de pie y que Luis estaba sentado.

–AYE 4220 –dijo A. J. mientras escribía el número en una agenda de bolsillo–. Ese es el de la limusina. Y JFM 3712 es el de la camioneta.

A Sam le costó unos segundo entender lo que decía. Entonces la agarró y tiró de ella, a pesar del dolor que tenía en las costillas.

–Te quedaste con las matrículas. ¡Eres la mejor!

Una hora después, A. J. y Sam terminaban de informar a la policía sobre lo ocurrido.

–Ya estamos buscando la limusina y la camioneta a partir de las matrículas que nos dio –dijo uno de los detectives–. Tenemos las descripciones de los tres hombres, y nos aseguraremos de que los medios de comunicación no le den publicidad. Los secuestradores normalmente quieren algo. Si se ponen en contacto con ustedes, llámenme.

–¿Entonces solo nos queda esperar? Pierre es un hombre mayor –dijo A. J.

–Estamos haciendo todo lo que está en nuestra mano –dijo el detective.

–Tiene razón. Solo nos queda esperar de momento. Y recuerda que Pierre es mucho más fuerte de lo que parece –le dijo Sam mientras el detective se iba hacia su coche.

A. J. pensó en discutir, pero la cara de Sam lo hizo callar. Tenía un raspón muy feo en el pómulo y el labio roto e hinchado.

–Tienes un aspecto tremendo –dijo A. J.–. A lo mejor tendrían que darte puntos en el labio.

–Que va. Solo necesito ponerme un poco de hielo –sonrió pero al segundo hizo una mueca de dolor–. Estaba pensando que tú podrías hacer de enfermera. Solo nos queda decidir si ir a tu casa o a la mía.

Inmediatamente lo miró.

–No estarás pensando en...

–¿En hacerte el amor? –dijo en voz baja, y sonrió–. Bueno, en parte no dejo de pensarlo.

A. J. ignoró el vuelco que le dio el corazón.

–Pero como los dos necesitamos asearnos, y no pienso perderte de vista hasta que averigüe qué demonios está pasando aquí, tenemos que elegir entre tu casa o la mía.

Sam seguía enfadado. Bajo la apariencia de humor y las bromas, A. J. percibió una rabia silenciosa. Y miedo.

–En mi casa. Tengo un botiquín. Y esto no es una cita.

–De acuerdo –sonrió y de nuevo su rostro se crispó de dolor–. Quiero que nuestra primera cita sea especial. Te voy a llevar a un sitio donde las vistas de Manhattan son espectaculares. Podremos bailar bajo las estrellas y nadie nos molestará –le acarició la mejilla–. Y después haremos el amor durante horas y horas.

A. J. no dijo nada. En realidad no estaba segura de poder decir nada. Solo eran palabras, palabras directas, sin florituras. Pero cuando Sam las dijo A. J. deseó que fueran verdad. Solo le tocó la cara, pero podría haberle tocado cualquier parte. Ella deseaba que la acariciara por todo el cuerpo.

–Piénsatelo –dijo mientras la besaba brevemente en los labios.

A. J. supo que no tendría otra alternativa.

Al llegar al edificio donde vivía A. J., se encontraron con la señora Higgenbotham y Cleo en el portal. Tras charlar un rato con ella y con Franco y presentarles a Sam, A. J. empezó a tirar de Sam hacia el ascensor. Cuando la señora Higgenbotham se bajó en su planta y se cerraron las puertas del ascensor, A. J. no se atrevió a mirarlo. Pero no pudo evitar volver la cabeza, ya que Sam estaba más cerca de lo que había pensado. Con solo mirarlo a los ojos, a esos ojos oscuros y de mirada sensual, supo lo que él tenía en mente.

–Hemos venido a curarte esas heridas no a...

–Lo haremos en el apartamento –avanzó y la aprisionó contra la pared del ascensor–. No puedo esperar ni un día más para hacer esto –le rozó los labios con los suyos–. No puedo.

–Sam, yo... –pero se tuvo que callar cuando sus labios volvieron a rozar los suyos muy despacio–. De verdad, no deberíamos... –tenía la garganta seca de repente–. Deberíamos estar pensando en cómo encontrar a Pierre.

Él se apartó de ella y la miró con decisión.

–Yo tengo un gran poder de concentración, y estoy seguro de que tú también, abogada. Podemos seguir estudiando cómo encontrar a Pierre y preguntarnos al mismo tiempo cómo sería hacer el amor juntos –le rozó los labios–. Dímelo. ¿No te lo has preguntado?

A. J. se agarró a la barandilla del ascensor, pues de pronto sentía una tremenda debilidad en las piernas. Cuando Sam empezó a besarla, pensó que aquel beso era todo lo que siempre había soñado pero que hasta ese momento nunca había experimentado. Fue el último pensamiento coherente que tuvo antes de que la oleada de sensaciones se apoderara de ella.

El deseo se volvió necesidad en cuestión de segundos, y Sam empezó a besarla con exigencia, ardientemente. Ella acogió de buen grado sus silenciosas peticiones y respondió del mismo modo.

Mientras volvía a besarla, Sam se concentró en hacerlo despacio. A. J. era tan suave, tan fuerte... tan mágica. Deseaba tocarla por todas partes, pero se agarró a la barandilla que había detrás de ella y se retiró un poco para mordisquearle los labios. El gemido suave y ronco que A. J. emitió fue casi su perdición. Entonces no se atrevió a tocarla. Si lo hacía, no podría parar.

Tenía los labios hinchados, y en sus ojos color violeta percibió un anhelo que igualaba al suyo.

Podría poseerla. Se la imaginó mirándolo así cuando la echara al suelo con suavidad y la montara. Lo único que tenía que hacer era apretar el botón para que se parara el ascensor.

Pero con A. J. quería algo más que sexo rápido en un ascensor. Deseaba mucho más. Eso lo sorprendió. Al momento se le ocurrió que estaba más metido en aquello de lo que se había dado cuenta. Lo que tenía que hacer era pensárselo un poco e idear un plan para manejar aquella situación. Mientras tanto, la abrazó con suavidad.

–¿Qué vamos a hacer con esto? –le preguntó ella.

Sam se echó a reír.

–A mí se me han ocurrido unas cuantas cosas, pero no creo que ni a Franco ni a la mamá de Cleo les gustara demasiado si de pronto el ascensor se detuviera entre dos pisos.

–Te habría dejado, me habría gustado –dijo A. J.–. Nunca he hecho algo así en mi vida. En realidad nunca he querido hacerlo.

Sam apoyó su cabeza contra la de ella y sintió que perdía la noción de la realidad.

–No deberías decirme eso estando a solas conmigo en un ascensor.

–Lo siento, pero tenemos un problema, y me siento mejor hablando de ello. Necesito averiguar por qué tienes este efecto en mí.

Sam sonrió.

–Tal vez sea por lo maravillosamente bien que beso. Podríamos volver a intentarlo.

Las puertas del ascensor se abrieron y A. J. tiró de él.

A. J. se detuvo delante de la puerta de su apartamento, que abrió al momento. Al hacerlo vio un sobre en el suelo. Se agachó y lo abrió. Dentro del sobre solo había una hoja de papel, que leyó con curiosidad.

–¿Malas noticias? –le preguntó Sam.

A. J. se la pasó a Sam, y lo que leyó allí le hizo sentir un escalofrío por la espalda.

Tienes algo que me pertenece. Estaré en contacto.

Capítulo Cinco

De pie a la puerta de la cocina, Sam observaba a A. J. mientras esta colocaba unas copas de vino en una bandeja. Aparte de llamar a Franco para ver si recordaba algo del hombre que había llevado la carta, no había dicho ni dos palabras desde que le había dado la nota.

Su coraje no dejaba de sorprenderlo, aunque al descorchar la botella de vino le hubieran temblado un poco las manos. Sam estaba seguro de una cosa, y era que temía por la seguridad de A.J.

Había llamado a Tyrone y pedido que investigase el servicio de mensajería. Resultaba improbable, pero tal vez alguien recordara quién había pagado aquel envío. Y quería asegurarse de que su apartamento era seguro sin alarmarla más. Pero antes...

–Háblame, A. J. No tienes por qué tragártelo todo sola.

–Estoy intentando convencerme a mí misma de que me lo ha enviado un loco. ¿Quién si no?

–Podrían haber sido los secuestradores. Esta mañana saliste en televisión con Pierre. Tal vez piensen que te dijo algo del collar.

–Pero no lo han robado.

–Está claro que aparte de mí hay alguien que cree que ha sido robado –se acercó a ella y le sirvió una copa de vino.

–Sam, no creo que debamos quedarnos de brazos cruzados esperando a que los secuestradores llamen; quiero que me ayudes a encontrar a Pierre.

Sam le tomó la mano que tenía libre.

–A veces es lo que hay que hacer. Una de las cosas más difíciles de ser un investigador privado son las esperas. Y los secuestradores lo saben. Nos harán esperar, sabiendo que a medida que pasa el tiempo nos preocuparemos más, estaremos más desesperados. Y no creo que le hagan daño a Pierre hasta que no consigan lo que quieren. Solo tenemos que ser pacientes.

–Pues yo no lo soy –entonces lo miró a los ojos, y en ese momento le cambió la cara–. Ay, lo siento. Se me había olvidado totalmente para qué habíamos venido aquí. Voy por el botiquín.

En cuanto ella desapareció por el pasillo, Sam aprovechó para echar una ojeada por la casa. Subió las escaleras de dos en dos y echó un vistazo a la buhardilla. Todo estaba despejado. Entonces volvió al primer piso y avanzó por el pasillo. Abrió la puerta de la izquierda, donde comprobó el ropero y las ventanas. No había ni salida de incendios, ni nada debajo de la cama. La habitación siguiente estaba también vacía.

Nada más entrar en la tercera supo que era la de A. J. Su aroma lo envolvió. Sobre la cama colgaba una pintura de unas amapolas en brillante explosión de rojos y rosas.

Le recordaron a A. J. El rosa lo hizo pensar en su generosidad y su dulzura, el rojo en la energía y pasión que había percibido en ella desde el principio, a pesar de que ella intentara por todos los medios disimularlas.

–¿Qué estás haciendo aquí?

Se volvió y la encontró de pie a la puerta.

–Mi trabajo –contestó–. Quería asegurarme de que no había ningún visitante sorpresa escondido, esperando a lanzarse sobre ti.

–¿De qué demonios estás hablando? –entonces frunció el ceño–. ¿Esos matones te han causado alguna conmoción cerebral?

–No, tan solo un tremendo dolor de cabeza. ¿Tienes una aspirina en el botiquín?

A. J. le indicó que se sentara sobre la cama, abrió el botiquín y empezó a curarlo con mucho cuidado y concentración.

—¿Por qué tienes la obsesión de que estoy en peligro? —le preguntó para distraerse del hecho de que él estaba sentado sobre su cama.

—¿Obsesión? El de la barba fue directamente hacia ti nada más saltar de la furgoneta. En nuestra profesión lo llamamos «pruebas contundentes».

Otra prueba contundente era lo que le estaba pasando en las piernas. Parecía como si le temblaran, igual que cuando había corrido por aquel callejón esa mañana. Sam estaba tan cerca. Dejó la gasa con la que le estaba limpiando las heridas y sacó el linimento, que empezó a aplicarle.

—¿Te duele?

—No.

Mientras se lo ponía con suavidad, cometió la torpeza de mirarlo a los ojos. Su mirada, tan cercana e intensa, le trasmitió calma. A. J. se vio reflejada en esa mirada y por dentro sintió como se iba poco a poco hundiendo en ella. Sus labios estaban tan cerca también que su aliento le rozaba la piel. Sería tan fácil acercarse y saborearlos. Y él la estaba observando, esperando a que hiciera el menor movimiento. Y ella quería hacerlo. Lo deseaba tanto como lo había deseado en el ascensor. Más que nada en el mundo.

Pero tenía miedo.

¿Y cómo podía estar pensando en hacer el amor con Sam Romano cuando acababan de secuestrar a Pierre?

—Yo... —de algún modo sacó fuerzas de flaqueza y se retiró un poco—. No podemos. Voy por el vino. Y después te puedes marchar. Tienes que encontrar a Pierre.

Sam pensó que le iba a hacer falta un buen trago de vino. Era una tortura pensar que, de haber dado tan solo un paso, habría sentido sus manos acariciándole el cuerpo, esas mismas manos que le habían aplicado el ungüento. Y habría dado ese paso de no haberla visto tan vulnerable. En realidad en un momento dado había visto miedo en sus ojos. Tal vez de él, o de sí misma; no estaba seguro. Guardó las cosas de vuelta en el botiquín. Esperaría hasta que ella estuviera lista.

Pero no pensaba dejarla. Tal vez ella no quisiera aceptarlo, pero quienquiera que estuviera detrás de Pierre también había querido atrapar a A. J. El estómago se le encogió de miedo y frustración; cada vez que pensaba en su padrino...

Sabía que Pierre estaría bien, que había salido de situaciones peores. Su lema era hacer siempre lo inesperado. Sin duda tendría algunos trucos reservados para situaciones como esa. Debía tener confianza en él.

Sam se puso de pie y empezó a pasearse de un lado a otro. Cuanto más lo pensaba más convencido estaba de que los secuestradores habían ido también por A.J. Y tal vez ella supiera algo, algo que Pierre le hubiera dicho y que a lo mejor ella ni siquiera le había dado importancia. De pronto se fijó en una foto enmarcada que había en su mesilla de noche. La levantó y la miró de cerca. En ella había un hombre extremadamente guapo, de unos veintitantos años. Tenía el pelo rubio, una sonrisa deslumbrante e iba al timón de un velero.

Sam jamás había sentido celos... hasta que leyó la dedicatoria.

Para Arianna, con todo mi amor.

A. J. volvió con dos copas de vino al dormitorio.

—Se me ha ocurrido una idea para poder compaginar varias cosas a la vez. ¿Por qué no nos asociamos para encontrar a Pierre? ¿Como el Doctor Watson y Sherlock Holmes? —levantó dos dedos—. Se me ocurren dos buenas razones. La primera es que estoy empezando a pensar que estoy demasiado cercano al caso. No me vendrían mal una mente avispada y un par de ojos agudos para ayudarme a entender todo esto.

–¿Y la segunda?

–Eres una buena abogada. Pierre va a necesitar tus consejos cuando lo encontremos –Sam hizo una breve pausa–. Además, hasta que aparezca y se arregle todo esto, no pienso perderte de vista a no ser que o bien Luis o Tyrone me sustituyan.

–Sam, yo...

–¿Por qué no lo discutimos mientras cenamos? Conozco un sitio estupendo.

A. J. dejó la copa sobre una mesita y se cruzó de brazos.

–Si accedo a esto, nuestra asociación será estrictamente formal. No voy a salir contigo. Y hay algunas reglas básicas que quiero asentar.

–Desde luego. La primera es que tenemos que alimentarnos; han pasado muchas horas desde que comimos el perrito. Te prepararé la cena aquí y así podremos cumplir la regla número dos, conocernos mejor. Los socios deben conocerse primero, ¿no te parece?

A. J. sonrió.

–Lo que me parece es que no vas a encontrar nada en la nevera.

–Tienes razón –contestó él con la puerta de la nevera abierta.

Aparte de la botella de vino y una de agua mineral, había un poco de brócoli mustio, un trozo pequeño de queso y tres huevos.

–De acuerdo, esto va a ser un reto, pero un Romano no se rinde.

A. J. lo observó mientras él con rapidez y competencia, reunía los distintos ingredientes.

–Se te da muy bien.

Sam la miró a los ojos sin dejar de picar cebolla.

–Todos los Romano sabemos cocinar. En realidad nos hemos criado como quien dice en las cocinas del hotel. O cocinabas o fregabas los platos. Mi hermano mayor, Tony, es el que lo dirige ahora, ayudado por mi prima Lucy –se volvió un momento a cascar unos huevos en un cuenco–. ¿Y tú? ¿Por qué no cocinas?

A. J. bajó la vista.

–Mi tía Margaret tiene un cocinero francés en casa. Él no permite que nadie entre en la cocina. Claro que a ningún Potter se le habría ocurrido entrar.

–Qué aburrido. ¿Siempre has vivido con tus tíos?

–No. Mis padres tenían un negocio de alquiler de barcos en el Caribe. Después de morir en un accidente de barco, estuve en un hogar de acogida durante un tiempo. Hasta los siete años. En esos sitios no había demasiado que cocinar.

Sam vertió la mezcla de los huevos en una sartén y empezó a darle vueltas.

–Debes de estar muy agradecida a tus tíos por haberte aceptado –le dijo en tono comprensivo y amable.

–Sí –suspiró A. J.–. Me prometí a mí misma que un día los haría sentirse orgullosos de mí.

Sam dobló la tortilla con maestría y la echó en el plato.

–Come –le instruyó mientras se lo ponía delante.

Hasta que A. J. no dio el primer bocado, no se dio cuenta del hambre que tenía.

Finalmente A. J. terminó de comer la tortilla y levantó la vista.

–Riquísima. Pero ahora creo que debería dejar claras unas cuantas normas básicas.

–En realidad no se me da bien seguir las reglas, Arianna.

–Tendrás que intentarlo... –se calló y lo miró–. ¿Cómo has... ?

–Recuerda que soy detective. Vi la fotografía en tu mesilla de noche. ¿Quién es él? –estaba seguro de que no sería uno de esos hombres que la habían decepcionado tanto.

–Mi padre.

Al ver el dolor en su rostro Sam se sintió culpable y aliviado al mismo tiempo. Entonces le tomó la mano.

–Le dio esa foto a mi madre. Es lo único que tengo de ellos. Me pusieron Arianna por mi madre. Por eso me cambié el nombre.

–No tienes que contármelo si no quieres.

–Lo sé. Mis tíos me dejaron muy claro que no podría salir como mi madre, y que si lo hacía me desheredarían como habían hecho con ella.

Sam frunció el ceño.

–¿Qué hizo tan malo?

–Se escapó con mi padre.

–¿Se fugó con el hombre que amaba? Y supongo que él la amaría a ella.

–Eso creo. Yo era muy pequeña. Mi tía siempre ha dicho que mi madre había manchado nuestro apellido. Mi madre nunca se casó, ¿entiendes?

Sam se levantó entonces y la abrazó.

–Yo diría que era una señora con mucho coraje. Y tienes suerte de haber heredado esa virtud de ella.

Cuando ella apoyó la cabeza sobre su pecho y lo abrazó, Sam se dejó empapar por su dulzura. Tenía muchas preguntas en mente, pero de momento debía aparcarlas. En ese instante solo quería abrazarla.

–No debería estar haciendo esto –le dijo A. J. al tiempo que retrocedía–. No quiero que te hagas una idea equivocada. Ya me has dicho que las reglas no te gustan. Pero si vamos a trabajar juntos hasta que encontremos a Pierre, quiero que nuestra relación sea formal.

–Vamos a ser amantes, Arianna –le tomó las manos y se las llevó a los labios–. Podemos posponerlo durante un tiempo, pero ocurrirá. Lo que sí puedo hacer es esperar hasta que sepamos quién secuestró a Pierre y por qué.

«Vamos a ser amantes».

A. J. no dejaba de darle vueltas a lo que Sam le había dicho. Además, sabía que era cierto. Él solo tenía que mirarla de aquel modo intenso y relajado para que ella imaginara perfectamente lo que sería hacer el amor con él. Sam Romano era un hombre que podría ser competente en cualquier cosa que se propusiera.

Aún no la había acariciado. Pero cada vez que A. J. pensaba en ello se le quedaba la boca seca.

Pero debía dejar de pensar en eso; tenía que concentrarse en el trabajo que tenían entre manos.

–¿Por qué querría nadie secuestrar a Pierre? –le preguntó mientras Sam le pasaba una taza de café que acababa de preparar.

–Tenemos que partir del collar. Sé que no quieres creer que lo robó, pero dos personas aparte de mí lo estaban esperando a la puerta del museo esa mañana. Uno le dio una cuchillada y el otro intentó atropellarlo. ¿Recuerdas lo que te conté de Pierre? Investigué sobre él cuando yo era un niño e hice una especie de fichero sobre su trayectoria. Empezó cuando era un adolescente y solo robaba en museos. Hasta hoy creía que nunca lo habían detenido.

–¿Y bien?

–Lo detuvieron una vez. Después de dejarte en tu oficina esta mañana estuve haciendo algunas pesquisas. Quería encontrar todo lo posible sobre el collar Abelard, y salió el nombre de Pierre.

Robó el collar Abelard hará cuarenta años. O al menos intentó robarlo, solo que lo pillaron. Y no estaba en un museo, sino en una casa particular. Más bien era un palacete, propiedad de una antigua y respetada familia, la familia LaBrecque, que vivía a las afueras de Rheims. Por lo que he podido averiguar, lo pillaron con el collar y lo metieron en la cárcel. Cuando estaba a punto de ir a juicio, le retiraron los cargos.

–¿Por qué?

–No pude dar con esa información, tan solo encontré una breve reseña de que Pierre había sido puesto en libertad. Un mes más tarde se vino a Nueva York –Sam dio un sorbo de café–. Cuando yo era muy pequeño, Pierre solía entretenerme con sus historias de robos de joyas. Pero era un ladrón bueno. Al final de sus historias, siempre devolvía la joya robada a su lugar de procedencia. Jamás habría relacionado las historias con Pierre si no lo hubiera oído hablando con mi padre una noche. Yo tendría unos once años. Cuando le pregunté sobre ello, Pierre me dijo que había querido dejar atrás esa vida viniéndose a Nueva York. Ya solo era el dueño de un club de jazz, nada más. Poco a poco empecé a idealizarlo por eso.

A. J. lo estudió un momento.

–Entonces averiguaste cosas sobre él por otras fuentes.

Sam sonrió y le tomó una mano.

–¿Qué puedo decir? Era el fruto prohibido. Nunca he podido resistirme. Además, me gustaba investigar, ya desde pequeño.

–¿Pero por qué querría Pierre ese collar en particular? ¿Por qué entonces y también ahora? No quiero decir que piense que lo robó esta vez, pero voy a concederte el beneficio de la duda.

–Al menos vamos progresando.

–¿Por qué no llamamos a Reims? Tal vez alguien

en la comisaría recuerde el caso y pueda ayudarnos a rellenar las lagunas.

Él la miró con curiosidad.

–¿Hablas francés?

–Sí. Pasé un semestre estudiándolo en París.

–Tendrás que inventar una historia; decir que eres una estudiante interesada en el collar, en la leyenda que lo acompaña.

Ella se volvió y lo condujo al salón.

–¿Qué leyenda?

–A través de los tiempos, los distintos dueños del collar han perdido todos a su verdadero amor; o alguna tontería de esas.

A. J. se miró la falda. Por supuesto, eso también era una tontería.

Sam soltó una palabrota y colgó el teléfono.

–¿Qué pasa?

–Menos mal que me he dado cuenta de que ahora en Francia son las tres de la madrugada. Tendremos que esperar hasta mañana.

A. J. percibió de nuevo un brillo de frustración y miedo en los ojos de Sam. Se acercó a él.

–Tiene que haber algo que podamos hacer esta noche.

Las palabras quedaron suspendidas entre ellos. Se había hecho de noche en Manhattan. Por un momento, ninguno de los dos dijo nada.

–Dormir –dijo Sam por fin–. Ha sido un día muy largo. La policía están intentando averiguar quién alquiló la furgoneta y la limusina. Andrew me llamará si saben algo. Y los dos estaremos más despejados por la mañana.

No fue decepción lo que sintió; lo más sensato era irse a dormir, y A. J. Potter era muy sensata.

–Sam, yo...

A. J. no estuvo segura de lo que habría dicho si no la hubiera interrumpido el timbre del teléfono. Fue al bolso donde sonaba el móvil.

–¿Diga?

–Tenemos a Pierre –dijo una voz baja y cascada, y A. J. sintió miedo–. Queremos el collar a cambio de él.

–¿Dónde lo tienen?

Sintió que Sam le cubría la mano que sujetaba el teléfono y lo ladeaba para poder escucharlo él también.

–¿Está bien? –añadió A. J.

–Si quieren volver a verlo, tendrá que hacer exactamente lo que le digamos. Mañana le daremos instrucciones precisas sobre dónde y cuándo debe entregarnos el collar.

–Pero yo no...

–Mañana.

–¿Me ha oído? Yo no tengo el collar. ¿Dónde está Pierre?

Pero ya habían cortado la comunicación.

–Tienen a Pierre y creen que yo tengo el collar –le dijo a Sam–. ¿Qué van a hacer?

Sam la miró de pronto con los ojos entrecerrados.

–Tal vez tengas el collar. Eso explicaría muchas cosas.

–¿Explicar el qué?

Sam agarró el bolso y vació el contenido sobre la mesa: un cuaderno de notas, unas gafas de sol, una cartera, una chequera de piel y su agenda electrónica. Vio un brillo metálico y el destello de una piedra azul pálido justo antes de que algo cayera al suelo.

Incluso a la tenue luz del salón, A. J. reconoció el brillo de las gemas y el resplandor del oro.

Capítulo Seis

—Aún no sé cuándo ni cómo llegó a mi bolso.

Sam se guardó el móvil en el bolsillo y le echó un vistazo al collar de oro y gemas multicolores que había encima de la mesa de centro. Sin poder evitarlo, lo agarró y se arrellanó en el sofá junto a A. J. para mirarlo de cerca. Era mucho más ligero de lo que habría pensado, y el arte del joyero que lo confeccionara lo había fascinado desde que lo había visto por primera vez en el museo. Era una pieza digna de tentar al ladrón más arrepentido.

—El «cómo» es fácil —dijo mientras lo dejaba sobre la mesa de nuevo—. Pierre solía distraerme con sus juegos de manos cada vez que iba a su club de jazz cuando era niño. Creo que tal vez fuera carterista antes que ladrón de altos vuelos. El «cuándo» es más difícil de determinar.

Había llamado al detective de la policía que llevaba el caso y le había hablado de la llamada que habían recibido. Después le había dejado a su hermano un mensaje en el busca.

—Estoy seguro de que Pierre te metió el collar en el bolso cuando esa camioneta estuvo a punto de atropellaros.

A. J. sacudió la cabeza.

—No, cuando levanté la cabeza le vi la cara y pensé que estaba muerto. Desde luego estuvo como inconsciente unos minutos.

—¿Y durante esos momentos en que ninguno de los dos estuvimos prestándole atención?

Sam aún recordaba qué había ocurrido exactamente cuando ella le había tomado la mano y mirado a los ojos. El tiempo había dejado de existir y el mundo entero se había reducido a ella.

–Maldita sea, es la segunda vez que me haces olvidar todo lo demás. La primera vez fue cuando ibas caminando por la calle con esa falda.

Sam le miró la falda y palpó el borde de la tela entre los dedos. Tenía una textura suave, sedosa, que le hizo preguntarse cómo sería su piel. Cuando estaba a punto de bajar la mano para acariciársela, la tela oscura reflejó la luz y la falda lanzó un destello. Sam sintió un cosquilleo por el brazo, como una pequeña descarga eléctrica.

–Desde luego esta falda tiene algo. Ya te conté que tuve una experiencia anterior con ella –añadió con tranquilidad; el cosquilleo había desaparecido, pero no podía soltar la tela–. En aquella ocasión no me acerqué lo suficiente como para poder tocarla. Y ahora no la puedo soltar.

–Qué tontería –dijo A. J. –cuando le tomó la mano, la falda se le deslizó de los dedos.

–Gracias, prefiero agarrarte a ti.

Cuando A. J. intentó retirar la mano, él se lo impidió.

–Sam...

De nuevo la interrumpió el sonido del teléfono móvil. Sam la soltó y sonrió, pero en realidad era alivio lo que sentía. Él era un hombre de palabra, siempre lo había sido. Pero de no haber sonado el teléfono no estaba seguro de haber podido ampliar la que le había dado a A. J.

–¿Diga?

–¿Por qué demonios me has llamado al busca?

En cuanto oyó la voz enfadada de su hermano se echó a reír.

–¿Por qué lo voy a hacer en mitad de la noche, hermano? Es fácil. El collar que hay en el museo es falso, y mañana pretendo demostrártelo. Solo quiero el nombre del experto en orfebrería medieval que utilizasteis el año pasado en el caso Le-Fevre.

A. J. estudió a Sam mientras este le contaba a su hermano lo de la llamada de los secuestradores. Pero no le iba a decir lo del collar. Le había dicho que quería tener libertad de movimientos, por si acaso necesitaban el collar para recuperar a Pierre.

Su explicación tenía sentido. ¿Entonces por qué sentía ella que no le había contado todo?

Porque Sam Romano era... complicado. Un misterio. Cada vez que hablaba con él, descubría algo distinto, algo nuevo.

Y además lo deseaba. Aún no se había recuperado de lo que había visto en sus ojos instantes antes de sonar el teléfono. Por un momento había pensado que volvería a besarla. Ella deseaba que la besara, pero también sabía que no se habrían quedado ahí.

—¿Tenéis ya algún nombre que unir a las matrículas de la limusina y de la furgoneta? Tengo a Luis en la oficina haciendo averiguaciones, pero como vosotros empezasteis antes... ¿Sí? —metió la mano en un bolsillo y sacó un cuaderno pequeño—. Servicio de Limusinas Patricio y Vans. Sí, lo tengo. Cuando comprobéis los registros de alquileres me llamáis si averiguáis algo. Mientras tanto, a ver si convenzo al joyero ese para que haga un trabajo extraoficialmente.

No era demasiado tarde, pensaba A. J. Cuando terminara con la llamada lo tomaría de la mano y tiraría de él. No se resistiría, pero estaba segura de que no daría el primer paso. No. Sin duda querría mantener su palabra. La decisión tenía que ser de ella y no estaba segura de tener la confianza o el coraje para tomarla.

A. J. se llevó la mano al estómago, que se le encogió de nuevo.

Entonces Sam murmuró algo en italiano que a

A. J. le pareció una palabrota. Tras una breve pausa echó la cabeza hacia atrás y se echó a reír.

–Por supuesto que estoy en forma para la partida del domingo. La familia McGerriety no me preocupa.

El sonido de la risa de Sam era tan contagioso que a A. J. le dieron ganas de reírse con él. En los años que había vivido en casa de sus tíos no recordaba haberse reído nunca con ninguno de ellos.

Miró a su alrededor y suspiró disimuladamente. Con Samantha y Claire se había reído mucho, pero en unas cuantas semanas el alquiler terminaría.

–¿Dónde estábamos? –le preguntó Sam en cuanto se guardó el móvil en el bolsillo–. Ah, sí, estábamos hablando de la falda. Un hombre más cínico que yo hubiera pensado que esta mañana te la pusiste adrede para distraerme.

Ella se puso tensa.

–¿Crees que me puse esta falda para... ? Espera un momento –bajó las piernas al suelo y se puso de pie–. ¿Estás insinuando que estaba implicada de algún modo en el atraco del collar. En primer lugar, aún no tienes pruebas de que el Abelard fuera robado; el de mi bolso podría ser una copia. Y en segundo lugar, he conocido a tu padrino esta mañana –ella lo agarró de la barbilla y se la levantó para que la mirara–. Creo que deberías dejar de mirarme la falda y prestarme atención.

–Creo que me ayudaría si... te la bajaras... un poco –dijo en tono estrangulado.

A. J. se miró la falda, que se le había subido bastante. Entonces agarró el bajo y tiró de la prenda.

–Así –dijo con finalidad–. Tiene la tendencia a subirse.

Sam lo había notado, vaya que si lo había notado. Desvió la mirada hacia el collar y esperó a que se le pasara el mareo.

–No me quejo –alzó una mano, pero no apartó

la vista del collar–. Y, para que lo sepas, no pienso que hayas tenido nada que ver con el robo.

–Sigo sin creer que Pierre lo robara.

–Admiro tu lealtad hacia tu cliente. Pero tenemos la prueba delante de nuestras narices. Pierre encargó una copia del collar, una lo bastante buena para engañar al museo. Entonces dejó la copia en la vitrina y se llevó el bueno. Cuando se dio cuenta de que le iba a dar el palo, puso el collar auténtico en tu bolso. ¿Qué otra explicación puede haber?

–Que este sea la copia.

–Más quisieras, abogada.

Ella extendió la mano.

–Te apuesto diez dólares a que tengo razón.

–¿Solo eso? Qué poco apuestas.

Él le miró la mano y luego a los ojos.

–Tengo una idea mejor. Si el collar que hay en el museo es la copia, podré planear una cita a solas tú y yo que durará todo un fin de semana.

A. J. entrecerró los ojos.

–¿Te han dicho alguna vez que solo piensas en una cosa?

Sam le sonrió.

–Todo el tiempo. No tendrás miedo a hacer la apuesta, ¿no?

A. J. levantó la barbilla.

–No. Si ganas, tendrás tu cita de un fin de semana. Pero si yo gano, entonces podré utilizar tus servicios de investigación durante un fin de semana. No me vendrían mal en algunos de mis casos.

Sam le tomó la mano.

–Trato hecho. Andrew me dio el número del experto en orfebrería medieval que trabaja precisamente en el museo Metropolitan. Mañana mismo le pediré una cita. En cuanto el experto diga que el de la vitrina es una copia, reservaré en ese sitio que te conté para nuestra cita. No quedes con nadie el fin de semana próximo.

Ella retiró la mano.

–Te veo muy seguro.

–Sí, lo estoy –tomó la copa de la mesa y le dio un buen trago–. Pierre se llevó el collar del museo. Es la única teoría que explica lo ocurrido hoy.

–¿Entonces tú crees que iban a por mí a la puerta del juzgado?

–Y a por Pierre. De ese modo se asegurarían el collar.

–Estás elaborando un caso muy sólido –le dijo A. J.

Sam se bebió lo que le quedaba de la copa de vino.

–¿Por qué? ¿Por qué te empeñas tanto en creer que renunciaría a la vida que se ha labrado aquí solo para robar ese collar?

–Porque la gente te decepciona. A veces no pueden evitarlo –dijo mientras pensaba en la historia de la fotografía que ella le había contado; y también pensó en su padre y en la aventura que había tenido durante casi veinte años con Isabelle Sheridan–. Hay veces en las que a uno le gustaría que las cosas fueran distintas, pero sencillamente no puede ser.

Ella le tomó las manos.

–En realidad te gustaría equivocarte y que Pierre no hubiera robado el collar, ¿verdad?

Sam entrelazó los dedos con los de ella y volvió a mirar el collar.

–No pierdo la esperanza de que esté equivocado. Pero si Pierre no robó el collar, ¿por qué lo tienen secuestrado?

–¿Crees que lo creerían si él les dijera que al final no robó el collar?

Sam la estudió un momento con la mirada.

–Es una idea, abogada. Pero si este collar que tenemos aquí es una copia, ¿por qué Pierre te lo metió en tu bolso? ¿Por qué no me dijo lo que estaba pasando y que el auténtico seguía en el museo?

A. J. volteó los ojos.

–Ay, no lo sé. Tal vez su orgullo de hombre se lo haya impedido, digo yo. Tal vez prefiera que creas que aún es capaz de hacer un gran robo.

Sam se quedó callado un momento. En realidad a A. J. no le faltaba razón. Tal vez estuviera viendo aquel caso de un modo muy cerrado. En realidad lo que más le apetecía era abrazarla, pero se daba cuenta de que ella aún no estaba lista.

–Maldición.

A. J. lo miró con curiosidad.

–¿Qué pasa?

–Pues que ahora que estaba fantaseando con pasarme un fin de semana entero haciendo el amor contigo, me dices eso y empiezo a pensar que tal vez pierda la apuesta –dijo y se complació al ver que se le nublaba la mirada y que le temblaban las manos.

Pero le había hecho una promesa.

–Pensaré en algo –le dijo con empeño–. Pero esta noche no. Esta noche vamos a dormir bien –al ver la mirada de aprensión de A. J., Sam continuó–. Tenemos mucho que hacer por la mañana. Así que tú vas a dormir en tu habitación y yo me echaré una siesta aquí en el sofá hasta que lleguen tus compañeras de piso.

A. J. se levantó y se fue hacia su habitación. Sam se dijo que algún día se reiría de todo aquello, tal vez cuando tuviera la edad de Pierre. El recuerdo de su padrino le hizo mirar el collar. Encontrarían a Pierre, fuera como fuera.

Pero falso o auténtico, la respuesta a lo que le estaba ocurriendo a Pierre estaba en el collar. Estaba seguro de ello.

A. J. se despertó como cada día, rápidamente. Pero no abrió los ojos, con la esperanza de poder volver al sueño del que acababa de despertar. Un sueño con Sam.

Un intenso aroma a café le hizo abrir los ojos y sentarse en la cama.

—Ya era hora —dijo Samantha, que entraba en su dormitorio con una taza de café para A. J.

—No quisimos despertarte —dijo Claire, que se sentó en la mecedora.

—Pero no queríamos tampoco marcharnos sin hablar contigo —le explicó Samantha.

—Sí, cuéntanos todo —añadió Claire—. No todas las noches llegamos a casa y nos encontramos a un guapo detective durmiendo en el sofá.

A. J. tomó un sorbo de café e intentó despejar su mente; en ese momento Cleo se subió a la cama y se instaló en su regazo.

—¿Qué estás haciendo aquí?

—La señora Higgenbotham tiene hora en la peluquería y después ha quedado en el club canino —le explicó Samantha—. Por eso queríamos también hablar contigo. Ayer no tuvo suerte cuando se llevó a Cleo al club. Cleo se pone violenta cada vez que ve a uno de esos perros de raza. El dueño de un san bernardo ha amenazado a la señora Higgenbotham con llevarla a juicio y el dueño de un dálmata estuvo a punto de atacar a nuestra vecina.

—Quiere que nos quedemos hoy con Cleo, pero ni Samantha ni yo podemos.

—¿Puedes quedarte tú con ella? —le preguntó Samantha.

—Claro —contestó A. J.—. No tengo que ir a la oficina porque hoy es el torneo de golf, y se lleva bien con Sam.

—Sam es ese detective tan guapo, ¿no? —le preguntó Samantha.

—Su verdadero nombre es Salvatore, pero prefiere que se le llame Sam —dijo A. J., y Samantha sonrió.

–Me cae bien.

–Lo siento. Debistis de asustaros al verlo en el sofá.

–En absoluto –contestó Claire–. Le pidió a Franco que nos avisara, y él nos dio su tarjeta donde venía su número de licencia.

–También nos dijo que alguien intentó secuestrarte anoche –dijo Samantha–. ¿Estás bien?

A. J. dio un sorbo de café, muy pensativa; no quería asustar a sus compañeras.

–Es una larga historia, y ni siquiera la entiendo del todo. Pero Sam y yo vamos a aclararlo todo.

Claire y Samantha se miraron.

–¿Es el elegido? –le preguntó Claire.

–¿Qué elegido? –preguntó A. J.

–Ya sabes, la persona con la que la falda puso en práctica sus poderes –añadió Samantha.

–No –contestó A. J.–. Pero es el mendigo; en quien yo pensaba que la falda ejercería sus poderes. Claro que por supuesto resulta que no es un mendigo, sino que estaba trabajando en misión secreta, intentando atrapar a un ladrón de joyas –hizo una pausa y suspiró–. Es muy complicado, pero intentaré resumíroslo.

Después de contárselo, sus amigas le mostraron su preocupación.

–Todos se arreglará.

–Por cierto, excepto la parte de secuestro, lo demás sería una estupenda historia romántica –dijo Claire–. ¿Te importaría si la utilizo para mi proyecto?

–Sam y yo no tenemos ninguna historia romántica –se apresuró a decir A. J.–. Ya sabéis que me he retirado de eso de momento.

Samantha levantó la mano y empezó a contar con los dedos.

–Te trae a casa, te hace la cena y te besa dos veces. Tienes que reconocer que son elementos comunes en una cita típica.

–Y te gusta, ¿verdad?

A. J. miró a Claire a los ojos y después a Samantha. Finalmente suspiró.

–Sí, me gusta, pero...

–Oh, conozco los «peros» –dijo Samantha echándose a reír.

–Hicimos un trato –se apresuró a decir A. J.–. Acordamos que nuestra relación sería solo formal. Únicamente vamos a trabajar juntos.

–Bien –dijo Samantha–. Es una forma estupenda de conocerse.

–Ya sabe algunas cosas de él –señaló Claire–. Ha sido lo bastante caballero como para quedarse a dormir en el sofá a cuidar de ella hasta que viniéramos nosotras. Y también sabe cómo besa.

–Desde luego me hacer perder la noción del tiempo –comentó A. J.

–Brindemos por eso –dijo Samantha, y las tres brindaron con sus tazas de café.

–Incluso sin contar los besos de Sam Romano, en un solo día has conseguido un cliente nuevo y tu tío te ha asignado un caso en el tribunal, el cual te fue bien. Además, conseguiste que no te secuestraran. Yo diría que, en general, la falda te ha hecho un buen servicio.

–Bueno, yo tengo que marcharme –Samantha sacó la falda del ropero de A. J., pues iba a necesitarla a primera hora de la tarde para un cóctel que iban a dar en el hotel; entonces sacó una nota del bolsillo y volvió a donde estaba A. J.–. Casi se me olvida. Tu Sam te dejó esto.

A. J. esperó a que sus compañeras de piso se marcharan antes de abrir la hoja de papel.

Te espero en el vestíbulo a las 9.00 en punto. Ponte ropa cómoda y zapatillas de deporte, por si acaso. Sam.

A. J. releyó la nota. Era breve, formal, el tipo de nota que le escribiría a un compañero de trabajo. Suspiró y miró a Cleo.

A. J. miró su reloj y vio que eran las 8.00. Primero llamaría al bufete para recordarle a la secretaria que se iba a tomar el día libre. Después le quedaría casi una hora hasta encontrarse con Sam, y en Reims era la primera hora de la tarde. Se quitó a Cleo del regazo y saltó de la cama.

Sam, que llevaba un rato paseándose por el vestíbulo, miró su reloj por tercera vez. Las nueve y tres minutos. Excepto el día anterior, A. J. era puntual.

—La llamaré dentro de un momento y le diré que está aquí —le dijo Franco desde su puesto al sol que entraba por una claraboya—. No me gusta interrumpir mi rutina matinal. El yoga me ayuda a mantener la flexibilidad que tanta falta me hace para las artes marciales.

—¿Estás seguro de que sigue ahí arriba?

—Sin duda —contestó Franco mientras se pasaba el pie por la cabeza—. Nadie entra o sale de aquí sin que yo lo vea.

Sam lo creyó. Nadie salía o entraba del edificio sin que Franco les abriera la puerta o los friera a preguntas.

A. J. estaba a salvo; sus miedos no tenían fundamento. Cuando había salido alrededor de las dos de la madrugada, se había encontrado con un gigantón moreno en recepción, y Tyrone de guardia al otro lado de la calle. El gigante se había identificado como el primo de Franco y le había asegurado a Sam que nadie podría entrar en el edificio sin que lo viera él.

Pero eso no le había impedido pasarse toda la noche preocupado y en vela.

Levantó las manos y flexionó los dedos; entonces las sacudió. Su sensación de que iba ocurrir algo malo había ido en aumento desde que había salido del apartamento de A. J.

–Mira, ahí tienes a tu chica.

–Siento bajar tarde.

Sam se volvió y vio a A. J. cruzando el vestíbulo con Cleo a la zaga. Llevaba puestos unos pantalones pirata negros, una camiseta blanca y unas sandalias negras de tacón bajo. Pero no fue su ropa lo que le llamó la atención y lo dejó seco, sino la misma A. J.

–Siento llegar tarde, pero estaba hablando con un policía de Reims –blandió unas hojas delante de él–. Les dije que era una escritora investigando el collar Abelard y que esperaba vender el artículo a la revista *Metropolitan*. Me enviaron por fax el informe de la policía del robo del original. ¡Espera a verlo! Hay una mujer implicada.

Allí sí que había una mujer, pensaba Sam mientras la miraba embobado. Tenía la mirada brillante, triunfal, y toda ella irradiaba energía.

A pesar de las decisiones que había tomado durante la noche de ser paciente con ella y darle tiempo, Sam sintió que la deseaba más que nunca.

Sam la levantó en brazos y empezó a dar vueltas con ella. De no haber estado en el vestíbulo de un edificio con puertas de cristal que daban a la calle, le habría hecho el amor allí mismo.

–Y el señor Romano y yo no estamos saliendo –le dijo a Franco en cuanto Sam la bajó–. Solo estamos trabajando juntos.

–Entiendo –dijo Franco–. ¿Qué tipo de caso es?

–No podemos hablar de ello –dijo Sam al ver la curiosidad de Franco–. Y estaremos saliendo oficialmente el próximo fin de semana. Lo único que tengo que hacer es ganar una pequeña apuesta primero –entonces agarró a A. J. de la mano y tiró de ella hacia la puerta.

–Lo siento –dijo A. J. al salir–. He hablado demasiado delante de Franco. Solo es que estaba tan emocionada... Jamás he hecho algo así. Le conté al tipo una mentira gordísima y me creyó. Y además de enviarme un fax del archivo original, me contó los cotilleos.

Sam le sonrió.

–Bienvenida a la parte divertida de ser investigador. Estoy a punto de iniciarte en la más peligrosa.

–¿Cuál es? –le preguntó mientras Sam paraba un taxi.

–Vamos a registrar el despacho de Pierre.

Capítulo Siete

–¿Así que piensas que Pierre tenía una novia y que por eso robó el collar Abelard hace cuarenta años? –Sam le preguntó mientras pagaba el taxi y se unía a A. J. y a Cleo en la acera.

–Intentó robarlo –contestó ella–. Lo pillaron y arrestaron con el collar encima.

El informe oficial contenía los hechos. El collar pertenecía a Girard LaBrecque, un rico dueño de unos viñedos, y Pierre había sido sorprendido al pie de una de las almenas del castillo con el collar encima. Una semana más tarde, LaBrecque retiró los cargos y Pierre fue puesto en libertad.

–Pero tú crees que el robo tuvo que ver con una mujer.

–Eso es lo que piensa el hombre con quien hablé. Girard LaBrecque y Pierre Rabaut estaban los dos enamorados de la misma mujer, Marie Bernard. Marie estaba prometida a LaBrecque, y él le había dado palabra de que le regalaría el collar el día de su boda. Entonces ella conoció a Pierre y rompió el compromiso. Fue un escándalo, parece ser. Los padres de ella no aceptaban a Pierre. Era un don nadie, un extraño en aquella ciudad, y el matrimonio con LaBrecque había sido planeado desde hacía tiempo. Pierre salió de la ciudad en cuanto lo soltaron, y Marie se casó con LaBrecque. Estoy segura de que lo hizo para salvar a su verdadero amor.

–Y yo estoy seguro de que lo hizo porque no se podía casar con alguien inferior a ella.

A. J. lo miró sorprendida.

—No sabía que fueras un cínico.

—Ni yo que tú fueras una romántica —dijo, seguro de que ella no se tenía por eso—. Además, tu teoría no explica el gran porqué. ¿Por qué Pierre robó el collar? Yo creo que su «gran amor» quería casarse con él y también tener el collar. Así que él intentó robarlo para ella.

—¿Crees entonces que quería tenerlo todo?

—Pues sí —la agarró del brazo y se detuvo delante de un puesto de fruta, acercándose a una banasta de manzanas—. Algunas mujeres son así.

—¿Lo dices por experiencia propia, o por lo de tu padre?

—Por las dos cosas, supongo —dijo mientras seleccionaba una manzana perfecta—. Pero tal vez te hayas llevado una impresión equivocada sobre mi padre e Isabelle Sheridan. Los dos estaban felices con el arreglo que tenían.

—Pero tú no.

Sam la miró y lo sorprendió la mirada comprensiva de A. J.

—Dijo que algún día lo entendería.

Sam le retiró un mechón de pelo de la cara y se regodeó un instante mientras le acariciaba la mejilla. Casi se estaba acostumbrando a la necesidad constante de besarla, de tocarla. La noche anterior no había dormido de pensar en hacerle eso y en mucho más.

—Creo que estás equivocado acerca de Marie Bernard —dijo ella, ajena a los pensamientos de Sam—. De haber sido cierto lo que tú dices, si Marie Bernard hubiera querido que le robara el collar y después decidido irse con el rico cuando falló, ¿por qué voló a Francia hace tres meses para asistir a su funeral? —le preguntó.

—¿Cómo sabes eso?

—El policía era muy hablador. Dijo que la visita

de Pierre desenterró de nuevo el escándalo. Al señor LaBrecque y a su hijo no les hizo mucha gracia.

–Y el collar Abelard hace su tercera gira meses después. Esto se pone cada vez más interesante.

–Exactamente. No, gracias –dijo A. J. cuando él le ofreció una manzana.

–Tómala –le dijo él–. Haz como si estuvieras inspeccionándola. Necesito un momento para ver si nos siguen.

Pasados unos minutos, A. J. continuaba mirando la manzana como si fuera lo más interesante del mundo.

–¿Ves a alguien? –le preguntó.

–No.

Dejó la manzana en la banasta; Sam la agarró de la mano y se metieron por un callejón junto al puesto.

–Pensé que íbamos al apartamento de Pierre –dijo A. J.

–La primera vez que te besé fue en un callejón, y ahora que sé que eres una romántica... –ella soltó una risotada y Sam sonrió–. Aquí estamos.

Ella miró a su alrededor.

–Pierre no vive en un callejón.

–No, vive encima de su club. Vamos a entrar por la puerta de atrás.

–¿Y por qué no por la principal?

–Para empezar no tengo llave, y en segundo lugar, si hay alguien en el club no quiero que nos vean –señaló la salida de incendios–. Entraremos por allí.

–¿Qué vamos a buscar en el apartamento de Pierre? –le preguntó mientras subía por la escalera de incendios detrás de él.

–Ojalá lo supiera –le acarició la cabeza a Cleo, que llevaba en brazos, y la agarró con fuerza mientras llegaba al segundo rellano–. Cualquier cosa que pueda aclararnos lo que está pasando.

Cleo intentó soltarse de sus brazos.

—Tranquila, chica. ¿Tienes vértigo? —le dijo mientras continuaba acariciándola.

A. J. empezó a pasearse de un lado al otro del rellano.

—Veamos, Marie muere, Pierre va al funeral y desentierra el pasado. ¿Y si la exposición fue montada para tenderle una trampa a Pierre?

Sam lo pensó.

—¿Por qué?

—Para vengarse por el pasado.

—Pero LaBrecque se quedó con el collar y con la chica.

—Pero Pierre quedó libre. ¿Y si LaBrecque nunca se quedó contento con eso? Algunos hombres son muy posesivos.

Sam se lo pensó.

—¿Y entonces el atropello es un plan de apoyo para asegurarse de que Pierre no se escapa esta vez?

—Exactamente.

—Y el secuestro es porque Pierre consiguió el collar.

A. J. echó una mirada a Sam.

—Eso no puedo establecerlo. ¿Y si LaBrecque cree que Pierre se hizo con el collar?

Sam pensó en esas posibilidades.

—Se sabe que algunos hombres han hecho cosas raras por amor —dijo A. J.

—Pero en este caso, la mujer está muerta y La-Brecque la tuvo durante cuarenta años.

—De acuerdo. Ha llegado el momento de que se te ocurra una idea mejor, Sherlock —dijo ella.

Sam le sonrió.

—Claro. Creo que nos faltan más piezas del rompecabezas. En primer lugar, tenemos que averiguar más cosas sobre los LaBrecque. Y en segundo lugar, tenemos que registrar el apartamento de Pierre.

Cleo suspiró.

–Ahora parece más tranquila –dijo A. J.–. Es hora de movernos.

Ninguno de los dos pronunció palabra mientras subían el último piso. Sam le pasó el perro y seguidamente intentó abrir una ventana, que encontró cerrada. Del bolsillo trasero del pantalón sacó un alambre fino que colocó entre la hoja superior y la inferior.

–No me dijiste que fuéramos a forzar la entrada.

–Pero sí te dije que te mostraría el lado peligroso de mi profesión –la cerradura se abrió; Sam retiró el alambre y subió la ventana.

–¿Y si nos pillan?

–Dirás que tu cliente te dio una llave y que estamos buscando pistas. Es una verdad a medias –le sonrió mientras pasaba una pierna por el hueco de la ventana–. O puedes esperar aquí.

–No –dijo mientras se metía por la ventana con Cleo y accedía al estrecho pasillo donde la esperaba Sam.

Sam metió el alambre por la cerradura del apartamento de Pierre.

–Se nota que lo has hecho antes.

–No desde que trabajé para mi primo, Nick. Cerró su agencia hace dos años cuando se hizo abogado, y me convenció de para que trabajara para Sterling Security. Las misiones que me encomiendan son más de buscar datos, de seguir el rastro de una suma de dinero.

Sam movió el alambre en la cerradura. ¿Por qué le estaba contando todo eso? Él no solía hablar de su trabajo. En realidad, era porque le resultaba tan fácil hablar con ella. Su mente rápida y sus preguntas inteligentes lo animaban a hablar. Pero era más que eso. De pronto dejó un instante la cerradura y se volvió a mirarla. Se paseaba por el pasillo, caniche en brazos, con aire pensativo.

Tal vez fuera la mujer menos adecuada para él. Pero de algún modo encajaba. Quería tenerla en su vida.

–Romano...

–¿Sí? –dijo, saliendo de su ensimismamiento.

–¿Si te aburres en Sterling, por qué trabajas ahí?

–Por dinero. Gano más de lo que haría por mi cuenta, y mi familia lo necesita. En el hotel hacen falta reparaciones. Además, quería aprender el lado técnico de la profesión. Ahí es donde está el dinero. Pero esta parte es más divertida –añadió cuando finalmente oyó el clic de la cerradura.

Cuando abrió la puerta, la diversión se desvaneció. Oyó la exclamación entrecortada de A. J., que no emitió más sonidos. Sabía que tenía agallas, pero la violencia de lo que tenía delante le produjo náuseas.

Los libros que habían llenado las estanterías de tres paredes estaban todos esparcidos por el suelo. Había lámparas y sillas volcadas.

–¿Qué estarían buscando? –preguntó A. J.

–Yo diría que el collar. Están casi seguros de que lo tienes tú, pero querían asegurarse.

En ese momento, Cleo gruñó y después soltó un ladrido.

Sam sacó su pistola con una mano y con la otra empujó a A. J. para que se pusiera detrás de él.

Cuando empezaron los ladridos, le costó un momento darse cuenta de que no provenían de Cleo. Indicó a A. J. que se quedara donde estaba y avanzó entre las cosas que cubrían el suelo. Unos años atrás, Pierre había adoptado un perro que se había encontrado en un callejón. Antoine era un chucho avispado y de raza, según había dicho Pierre.

Sam salió con cuidado al pasillo e inmediatamente vio que las cuatro puertas de las habitaciones estaban cerradas. El ruido de algo rompiéndose contra el suelo redujo la elección a la primera habitación. Era la de Pierre, si mal no recordaba.

–¿Antoine?

Se oyó otro ruido.

–Antoine, *sit* –dijo Sam, y lo repitió varias veces, rezando para que el perro recordara su voz.

Después de contar hasta diez, Sam abrió la puerta unos centímetros y soltó el aire que había estado aguantando. Antoine estaba sentado al otro lado de la puerta, meneando la cola contra el suelo.

–Me recuerdas, ¿verdad, chico? –le preguntó mientras le tendía la mano.

Mientras Antoine le olisqueaba los dedos, Sam miró en la habitación. Allí todo estaba en su sitio. Estaba claro que los intrusos habían preferido no enfrentarse a Antoine.

–Buen chico –estaba acariciándole la cabeza cuando Cleo de repente tiró de A. J. para entrar en la habitación.

–Cleo, sé buena –dijo A. J.–. ¿Qué es eso?

–El perro de Pierre. Me olvidé de él, de otro modo habría venido antes. No puede quedarse aquí.

–¿De qué raza es?

De una raza muy reservada, pensaba Sam. Antoine había permanecido sentado y en ese momento le permitía a Cleo que se acercara a él para olisquearlo.

–No de una raza que le hiciera gracia a la señora Higgenbotham, si es eso lo que estás pensando.

–Es lo que ellos están pensando –señaló A. J..

Cleo había pasado de olisquearlo a restregar el morro contra él.

Sam sonrió.

–¿Qué puedo decir? El viejo Antoine no pierde el tiempo.

–Pero Cleo tampoco –gruñó A. J. mientras tiraba de la correa para apartar a Cleo del perrazo–. Tú ten cuidado de él; yo me ocuparé de ella.

Volvió al salón, tirando de una Cleo reacia. Antoine se levantó despacio y Sam habría jurado que el perro se tambaleó un poco mientras seguía a las dos hembras.

–Sé exactamente lo que estás pensando –le dijo al perro–. Buena suerte.

–Muérdete la lengua –dijo A. J.

En el salón A. J. se subió a Cleo sobre el regazo. Antoine se había acomodado sobre una butaca vuelta del revés justamente enfrente de ellas. Estaba totalmente relajado, excepto la mirada. La tenía fija en Cleo, llamándola con la mirada para que fuera hacia él.

Le recordó a la mirada que había visto en los ojos de Sam más de una vez; la mirada de un hombre que sabía lo que quería y que también sabía que solo era cuestión de tiempo antes de conseguirlo. A. J. se estremeció al mismo tiempo que Cleo.

–Es peligroso, chica –le dijo en voz baja.

–Seguramente Cleo lo encuentra atractivo –dijo Sam–. Si tu teoría es la correcta, probablemente por eso Marie Bernard se sintió atraída hacia Pierre. Él era un ladronzuelo avispado y duro. Ella una señorita joven, rica y educada.

A. J. lo miró. Se inclinó sobre el escritorio de Pierre, abrió un cajón y empezó a rebuscar en él con cuidado.

–A la señora Higgenbotham le daría un ataque; está empeñada en cruzar a Cleo con otro caniche de raza.

A. J. miró a Sam, que había encendido la lámpara del escritorio y con ella inspeccionaba la parte trasera de un cajón. La luz jugueteaba por las líneas y ángulos de su rostro, totalmente concentrado. Tenía Sam un aire peligroso; lo había visto en su expresión incluso cuando había pensado que era un vagabundo.

La cantinela empezó a repetirse de nuevo en su cabeza. Era él. Era él.

Y desde luego era tan poco conveniente para ella como Antoine para Cleo.

Cleo suspiró suavemente, llena de anhelo. ¿O fue tal vez su propio suspiro lo que A. J. percibió? ¿Por su verdadero amor?

No. A. J. rechazó la idea inmediatamente. La mera noción de encontrar el verdadero amor le resultaba ridícula. Lo que sentía por Sam no era más que deseo, puro y simple. Cerró los ojos y volvió a abrirlos. Sam estaba palpando cuidadosamente el lado interior del cajón. Silbaba una melodía alegre que hizo sonreír a A. J. y preguntarse si sería una costumbre que había adoptado de niño. A. J. pensó que le gustaría saber más cosas de su niñez.

Deseaba a Sam. Cuando lo miraba el pulso se le aceleraba irremediablemente. Tampoco podía borrar el recuerdo de su sabor, un sabor misterioso y peligroso, tal y como era él. Aún no la había tocado; en realidad no. Pero se le ocurrió que sabía cómo sería sentir el roce de sus dedos acariciándola despacio y con delicadeza, tal y como examinaba en ese momento el interior del cajón. Lo único que tenía que hacer era ir hacia él y...

Cuando Sam levantó la cabeza y la miró, A. J. se puso de pie y fue hacia él.

–Creo que lo he encontrado.

–¿Mmm? –contestó mientras intentaba frenar sus pensamientos.

–En este cajón hay un fondo falso y si se aprieta en un sitio salta un muelle. Pierre me lo enseñó una vez cuando era niño; pensé que había olvidado dónde estaba, pero creo que le ha puesto pegamento y que no se puede abrir –sacó una navaja del

99

bolsillo y empezó a moverla a lo largo del costado del cajón–. ¿Podrías venir y sujetar el cajón?

Le costó mucho hacer lo que le pedía. Y cuando agarró el cajón y sus dedos rozaron los suyos, sintió que se derretía por dentro.

Se oyó el ruido de la madera astillándose.

A. J. asió el cajón con más fuerza y se concentró en la tarea.

–¿Por qué ellos no encontraron esto?

Sam le sonrió.

–Porque ellos no supieron dónde mirar. Además, lo hicieron todo rápidamente. Supongo que vinieron después de cerrar el club, digamos alrededor de las tres de la madrugada. A esa hora se marcha el gerente de Pierre. Dispusieron de cuatro, tal vez cinco horas. De no haber sido unos aficionados no habrían dejado todo hecho un asco como lo han dejado.

Sam hincó de nuevo la navaja y levantó el fondo falso poco a poco.

Debajo había una hoja cuidadosamente doblada. Sam la abrió y la extendió sobre la mesa.

–¿Qué te parece, Sherlock? –le preguntó A. J. pasado un momento.

Sam suspiró.

–Solo lo obvio. Que lo dejó para mí. Sabía que si le pasaba algo yo miraría aquí.

–Bueno, yo creo que quiere decir que él no robó el collar.

Un ruido repentino proveniente del pasillo los hizo volverse hacia la puerta. A. J. se dio cuenta de que estaba entreabierta momentos antes de que Sam se metiera el papel en el bolsillo y tirara de ella para que se escondiera con él debajo del escritorio. Un segundo después sacó la pistola.

El ruido volvió a oírse; alguien avanzaba pegado a la pared.

Estaban muy cerca, pero Sam apenas suspiró:

100

–Quédate aquí y estate quieta.

A. J. esperó, con el corazón en un puño, mientras se levantaba y avanzaba sigilosamente hacia la puerta. Iba a contar hasta diez antes de seguirlo. Uno... dos... tres... cuatro...

Se oyó otro ruido. A. J. aguzó el oído e intentó localizarlo. Aparte del ruido de alguien rozando la pared, oyó... ¿un gemido? El ruido de la puerta cerrándose la hizo saltar y ponerse de pie. Sam estaba a la puerta sonriendo de oreja a oreja.

–Cleo ha conseguido por fin a su hombre.

–¡No! –A. J. alcanzó la puerta al segundo–. Tengo que detenerlos.

Sam la agarró por los hombros.

–Yo no te lo recomendaría. Antoine no es tan agradable cuando lo molestan.

–Pero...

–Y si los interrumpes ahora va a estar muy molesto. Confía en mí. Es una cosa de los hombres.

–Pero no puedes.

Pero cuando intentó apartarse de Sam, él la agarró con más fuerza.

–Ya lo están haciendo. Lo menos que podemos ofrecerles es un poco de intimidad.

A. J. se dio por vencida y apoyó la cabeza contra el pecho de Sam, que se reía con ganas. Finalmente ella también sonrió.

–No tiene gracia. ¿Qué le voy a decir a la señora Higgenbotham?

–¿Que el amor puede con todo?

Lo miró esperando ver la burla reflejada en sus ojos. Pero en lugar de eso vio una expresión pícara y atrevida. El reposado encanto que conocía en él no estaba allí; en lugar de eso había en su expresión una impaciencia animal. Parecía como si Sam pudiera conseguir todo lo que se propusiera. A ella desde luego le encantaría.

A. J. no supo si reír o llorar cuando él le echó el brazo por los hombros atentamente y se volvió hacia la puerta.

Desde que habían llegado al despacho de Sam, este apenas si había cruzado dos palabras con ella. A. J. se volvió a mirarlo, allí sentado detrás de su escritorio de cromo y cristal mientras hacía algo en el ordenador. Estaba esperando una llamada del especialista en orfebrería medieval del museo a las diez y media.

Cuando sonó el teléfono, Sam descolgó y empezó a engatusar al experto al otro lado de la línea. Entonces A. J. paseó la mirada por el resto de la pieza y se fijó en Cleo y Antoine, que estaban abrazados muy satisfechos en un rincón del despacho.

Todo había sido tan sencillo para ellos. Habían visto lo que querían y habían ido a por ello. Ella quería a Sam. Sam la deseaba a ella. Tal vez debería dejar de analizarlo todo y simplemente seguir el ejemplo de Cleo.

Volvió de nuevo a mirar a Sam, y por la expresión de este se dio cuenta de que el experto en orfebrería medieval era una mujer.

—Claro, puedo estar ahí en quince minutos. Nos vemos entonces —nada más colgar miró a los perros, que dormían—. No podemos llevarnos a los perros. Además, es una pena despertar a los amantes. Si los dejáramos aquí, al menos podrían pasar el resto del día juntos antes de tener que separarse para siempre.

—No. Será mejor que me lleve a Cleo a casa y me enfrente a las consecuencias. Además, tengo la impresión de que te irá mejor con la experta en joyas si no voy yo —se levantó y agarró la correa de Cleo.

Antoine se levantó y empezó a gruñir. Cleo hizo lo mismo.

–Sugiero que te lleves a los dos e intentes convencer a la señora Higgenbotham. Si la cosa se pone muy mal, que le plantee el problema al psiquiatra de perros. Le diré a Luis que te acompañe –hizo una pausa y miró el reloj–. Estaré en tu apartamento en un par de horas. Quédate allí hasta que llegue yo.

–¿Y si llaman los secuestradores?

Aún no habían recibido ninguna llamada.

–Quédate quieta hasta que yo llegue –dijo Sam–. Y llamarán. El hacernos esperar es parte de la estrategia. Quieren que nos preocupemos lo más posible.

–Tengo que ir al cóctel de mi tía esta tarde, de cinco a siete. Le di mi palabra a mi tío.

–No me habías dicho nada.

–No –A. J. se puso nerviosa–. Yo... no me gustan mucho esas fiestas, pero... –maldita sea, si Cleo podía, ella también–. Me gustaría que me acompañaras.

–Arianna –se arrellanó en el asiento y le sonrió–. ¿Me estás pidiendo una cita?

A. J. se puso derecha.

–Podríamos llamarlo así.

–Iré –dijo con expresión complacida, y eso animó a A. J.

–A las cinco en punto –dijo A. J. mientras se acercaba a él–. A mi tía le gusta que sea puntual –se metió la mano en el bolso y le dio el collar–. Vas a necesitar esto. Y también esto.

Y acto seguido lo agarró de las solapas y le plantó un beso en los labios. Sorpresa. La vio en sus ojos antes de que él se lanzara a besarla como un poseso. A. J. había pensado que podría controlar el beso, pero nada más rozar sus labios sintió un deseo renovado, intenso. Sam era irresistible. Cuando se retiró, no estuvo segura de quién le había demostrado algo a quién.

–El collar es falso –dijo la doctora Lowe, una mujer rechoncha de unos cincuenta años, después de haber pasado más de cinco minutos examinando el collar en silencio.

Sam volvió la cabeza para mirarla.

–Pensé que dijo que las piedras eran buenas.

La doctora le sonrió.

–Siempre lo son en las mejores copias. Y alguien se esforzó mucho y pagó un buen dinero por esta copia. Es el metal el que no es el auténtico. La pátina no coincide con las de la época.

–¿Está segura? –le preguntó Sam, a quien de repente empezaron a picarle los dedos.

Ella lo miró a los ojos.

–Hay otro collar, tal vez el auténtico, en el museo Grenell, a unas manzanas de aquí. ¿Le importaría mucho ir a echarle un vistazo?

Ella arqueó las cejas.

–¿«Tal vez el auténtico»? ¿Cree que puede haber dos copias?

Sam hizo una mueca.

–En realidad, dicho así, no suena tan bien, pero me gustaría comprobarlo.

La doctora echó un vistazo a su reloj.

–Qué demonios. Un paseo por el sol del brazo de un hombre guapo no me vendría mal. Es la mejor oferta que me han hecho en todo el día.

Sam se echo a reír mientras le ofrecía el brazo.

–Me gusta su estilo, doctora.

–El museo va a cerrar dentro de quince minutos –dijo el guarda que se asomó por el arco.

La doctora Lowe se había colocado delante de la

vitrina de cristal par poder ver el collar de frente. Antes de eso se había pasado un buen rato mirándolo desde arriba, utilizando una lupa especial.

Sam no había dicho nada, pero si la mujer necesitaba unos minutos más haría lo posible para distraer un rato al vigilante.

–Me gustaría agarrarlo para ver cuánto pesa –dijo–. Solo para comprobar la diferencia entre este y el otro.

–¿Entonces este es verdadero?

–Eso depende de lo que uno entienda por verdadero –dijo la doctora Lowe, mirándolo a los ojos–. Por lo que veo, este collar es exacto al otro, hasta la pátina del metal.

Sam entrecerró los ojos.

–Entonces... está diciendo...

–Que no es el collar del siglo XII. No puedo estar segura sin hacer más pruebas, pero me atrevería a decir que lo hizo la misma persona que el primero.

–¿Entonces dónde demonios está el collar Abelard? –preguntó Sam.

La doctora Lowe lo miró sorprendida.

–Usted es el detective, señor Romano. Dígamelo usted.

Capítulo Ocho

A. J. se dio una vuelta delante del espejo. Hacía mucho que no se arreglaba con el único propósito de complacer a un hombre. Sam la había llamado dos veces desde que había llegado a su apartamento; la segunda para decirle que había ganado su pequeña apuesta. El collar en exposición en el Museo Grenelle era una copia. Pero el de su bolso también lo era.

Además de haberle dicho cuándo y cómo tenía intención de cobrarse la apuesta, le había dicho que estaba preocupado por Pierre. Igual que ella. De momento no habían averiguado nada más, y los secuestradores tampoco habían vuelto a llamarla.

A. J. se volvió de nuevo hacia el espejo. Esa noche quería que Sam Romano pensara solo en ella. Después del cóctel de su tía, A. J. tenía un plan: seducir a Sam Romano.

Miró rápidamente su reloj. Samantha se retrasaba y ella necesitaba la falda para aquel posible cliente del que le había hablado su tío. Aquella podría ser su oportunidad para ganar puntos en la empresa. Se sentó despacio sobre la cama y pensó que no había dedicado ni un solo minuto del día a pensar en el trabajo. Sam Romano la estaba afectando demasiado.

¿Y a quién pretendía engañar? Quería ponerse la falda por Sam. Solo de pensar en ello se puso a temblar como un flan. ¿Y qué si era la primera vez que había planeado seducir a un hombre? Si Cleo lo había hecho, ella también podría.

En cuanto oyó a Samantha entrar en el apartamento, A. J. corrió a la puerta.

–Menos mal que has venido. Necesito la falda, y tengo que llegar a donde mi tía Margery a las cinco en punto.

–Lo siento. No paraban de hacerme preguntas –Samantha se quitó la falda y se puso la que le dio A. J.–. Ah, por cierto, el detective guapo ha entrado conmigo. Está en el vestíbulo esperándote.

–¿Qué te parece? –le preguntó A. J., después de ponerse la falda.

–Creo que ese bombón está metido en un lío.

–Eso espero –dijo A. J. antes de agarrar el bolso y la chaqueta y salir por la puerta–. A las siete estaré aquí para darle la falda a Claire.

–Me alegro de haber llegado a tiempo.

–Deséame suerte –dijo A. J. antes de cerrar la puerta.

Sam se miró el esmoquin. Tal vez ese traje lo ayudara a meterse en el rol que quería representar esa noche. Tenía un plan, pero resultaba complicado por... En realidad por todo. No solo por las múltiples copias del collar Abelard o por la desaparición de Pierre. La mayor complicación saldría del ascensor en unos minutos.

Bajó la vista de nuevo al ramo de flores que llevaba en la mano y que sin duda estaba aplastando los nervios que tenía. Violetas. Las había comprado impulsivamente, pues nada más verlas había pensado en ella.

–Excelente elección –le dijo Franco refiriéndose a las flores–. Sus colores son los de la suave primavera, ya sabes. Perfectos para ella.

«Perfecta». Aquella era la palabra que Sam habría utilizado para describir a A. J. cuando se abrieron las puertas del ascensor y avanzó hacia él. Le habría dicho lo maravillosa que estaba si hubiera podido respirar. Abrió la boca, pero no pudo articular palabra.

A ella le pasó algo parecido, porque en cuanto lo vio se paró y lo miró como si lo viera por primera vez. Finalmente, los aplausos de Franco sacaron a Sam de su ensimismamiento y avanzó para darle el ramillete.

–Hola. Desde luego no pareces una abogada.

Ella olió las flores y le sonrió.

–Tú tampoco pareces un mendigo.

Él le sonrió y le ofreció el brazo.

–¿Nos vamos?

Franco corrió a la puerta y la abrió.

–Que os divirtáis mucho.

A. J. se quedó inmóvil al ver una limusina plateada aparcada a la puerta del Willoughby. Un hombre uniformado le sonrió mientras le abría la puerta.

–¿Qué... ? –empezó a decir, pero Sam ya la había agarrado del codo y la empujaba suavemente para que entrara–. No tenías que haberte... –pero se sintió feliz cuando él se acomodó junto a ella en el asiento de cuero.

–Quería que esta velada fuera especial –le explicó Sam mientras descorchaba una botella de champán–. Es nuestra primera cita de verdad, y quería darte una sorpresa. ¿Qué tal lo estoy haciendo?

–Bien –dijo–. De maravilla.

Desde luego la había sorprendido. Sam parecía sentirse allí como pez en el agua; como si se pasara el día montado en limusinas.

–Se me ocurrió que estarías acostumbrada a esta clase de comodidades –le paso una copa.

Ella miró a su alrededor y luego a él. De pronto

se le ocurrió que él le estaba demostrando que encajaba en su mundo. La dulzura del gesto hizo que se le encogiera el corazón.

—Por nuestra primera cita —dijo él mientras brindaba.

Había urdido un plan para todo; para seducir a Sam Romano. Pero pensaba esperar a que terminara la fiesta de su tía.

—Por nuestra primera cita —respondió ella, y dio un sorbo despacio mientras pensaba en todo aquello.

—Estás muy callada —comentó Sam—. ¿Ocurre algo?

—Solo estaba pensando... —A. J. miró rápidamente a su alrededor; entre el conductor y los asientos de atrás había un cristal que los separaba, dándoles intimidad; A. J. pensó que tal vez funcionara—. Ya que fui yo la que te pidió salir, ¿no crees que debería ser yo la que te sorprendiera?

—Claro —respondió él.

—Pensé en llevarte a algún sitio especial después del cóctel. Pero tengo una idea mejor —le pasó la copa y apretó el botón del intercomunicador con el conductor—. ¿Le importaría cruzar Central Park y tomar el camino más largo para llevarnos a esa dirección que le he dado?

—Por supuesto que no.

—Y no nos interrumpa.

El corazón le latía con tanta fuerza que sintió que se le salía por la garganta cuando se volvió hacia Sam.

—A. J., yo...

—Tengo que decirte dos cosas. La primera es que quiero hacerte el amor. Y la segunda es que quiero que sea ahora mismo.

En sus ojos vio sorpresa, pero también gozo. Y eso disipó cualquier duda que hubiera podido tener. Sonrió pausadamente, se levantó un poco la falda y se sentó a horcajadas sobre él. Entonces le agarró la cara con las dos manos, se inclinó hacia delante y le rozó los labios.

Sam le agarró por los hombros.

—A. J., no deberíamos.

Ella le mordisqueó el labio con sensualidad.

—Tal vez un «no» me hubiera amilanado. ¿Pero un «no deberíamos»? Ni lo sueñes.

Percibió la risa suave de Sam mezclándose con el lento runrún del motor mientras se adelantaba para besarlo. Jamás se había sentido tan bien, tan a gusto. Cuando él empezó a besarla con fuerza, ardientemente, A. J. dejó de llevarle ventaja.

A. J. no había pensado que pudiera sentir tantas cosas a la vez: la presión de sus manos en la nuca, el roce de sus dientes en el cuello. El fuego prendió entre ellos en contraste con el aire fresco que salía del aire acondicionado.

Sin dejar de mirarla le deslizó los dedos por el cuello y continuó por su escote hasta rozarle los pezones. Miles de aguijones de placer le recorrieron la piel.

Ella le plantó las manos sobre el pecho y sintió los pesados latidos de su corazón. Unos latidos llenos de fuerza y de amabilidad. Y A. J. supo que sentía más que deseo por aquel hombre. Era él en sí. Se pegó a él y empezó a mordisquearle el labio.

—Tenemos que hacerlo en silencio. Y rápidamente.

Cuando le desabrochó el cinturón y le bajó la cremallera, A. J. lo oyó aspirar con fuerza. Sam había dejado de acariciarle los pechos para subirle las manos por debajo de la falda. Entonces empezó a juguetear con el encaje de las medias. El placer que la invadió entonces fue tan intenso que A. J. estuvo segura de que no lo soportaría.

—Quería hacerlo despacio la primera vez —le murmuró al oído mientras iba acariciándole los muslos, cada vez más arriba.

A. J. le dejó un rastro de besos por la mejilla y acabó mordisqueándole la oreja, al tiempo que le deslizaba los dedos por debajo de la cinturilla del slip.

–Pues te has equivocado.

–Tócame.

Ella empezó a acariciarle el miembro mientras él le deslizaba un dedo entre los muslos.

Pasados unos momentos Sam se colocó entre sus piernas, y sin perder ni un segundo rasgó el plástico del preservativo y se lo puso. A. J. se apartó la fina tira de encaje de sus braguitas para al momento observar cómo él la penetraba despacio.

Entonces lo miró a los ojos, mareada con el placer que aquello le proporcionaba, y lo que vio en ellos, un inmenso calor, un gran deseo, fue suficiente para hacerle perder el control. Mientras alcanzaba el clímax, A. J. lo apretó con brazos y piernas.

Sam la observó y esperó a que ella se cayera encima de él. Entonces la agarró con fuerza y empezó de nuevo a penetrarla con intensidad. Al tercer empujón, A. J. empezó a moverse con él, uniéndose a su ritmo. Cuanto más se hundía Sam en el suave calor de su cuerpo, más se perdía en ella. Entonces sintió de nuevo la tensión entre las piernas de ella, hasta que su cuerpo abrazó el miembro con fuerza.

–Ahora –dijo A. J.

Solo esa palabra bastó para hacerle perder el poco control que le quedaba.

Y con solo esa palabra Sam y A. J. se perdieron el uno en brazos del otro.

Pasados unos momentos, Sam levantó a A. J. de su regazo y la sentó junto a él con cuidado. Entonces le echó el brazo por los hombros y la abrazó.

–Bueno –suspiró A. J. mientras se estiraba con

satisfacción–. Nunca he seducido a un hombre en una limusina.

Él la estrechó entre sus brazos con pasión.

–Estoy disponible para cuando quieras volver a hacerlo.

Cuando ella levantó la cabeza y vio aquel brillo pícaro y atrevido en su mirada, Sam se echó a reír y le dio un beso en la nariz.

–Eres increíble. Y peligrosa –y, cosa rara, pensó que la deseaba otra vez, pero no podría ser en ese momento–. Te ofrezco un trato, abogada. La próxima vez que hagamos el amor, quiero poder tomarme mi tiempo, hacerlo despacio, para saborearte toda entera. Lo haremos después de la fiesta de tus tíos.

–Eres un buen negociador –dijo A. J.–. Lo menos que puedes hacer es ofrecerme una copa de champán antes de llegar.

–Ya hemos llegado.

A. J. miró por el cristal tintado.

–¿Quieres decir que estamos aparcados delante del edificio de mis tíos? ¿Cuánto llevamos aquí?

–La limusina dejó de moverse hace un rato. Estaba algo distraído en ese momento.

A. J. le enderezó la corbata y con una servilleta de papel le limpió los restos de carmín de los labios y la cara.

–¿Qué aspecto tengo? El portero me conoce. Si sospecha algo... se lo contará a la criada y esta a mi tía. Después saldré en los periódicos.

Sam la tomó de la mano.

–¿No quieres que tu familia sepa lo nuestro?

–No lo entiendes –se puso de rodillas para estirarse la falda–. ¿Qué aspecto tengo?

Parecía atemorizada. Y solo por eso decidió dejar el tema para otra ocasión. En ese momento solo quería saber cómo era la familia de A. J. Potter.

–Estás preciosa. Solo que creo que deberías subirte esas medias. ¿Te he dicho ya que me vuelven loco?

Cuando él quiso ayudarla a hacerlo, ella le retiró las manos, pero sonrió levemente.

Él le tomó las dos manos y la miró a los ojos.

–No es más que una fiesta, A. J.

–Sí. Dímelo cuando haya terminado.

Nada más entrar en el vestíbulo, la tía Margery fue inmediatamente hacia ellos.

–Llegas tarde –le dijo a A. J., conteniendo cierto fastidio con una sonrisa superficial.

–Me temo que ha sido culpa mía –dijo Sam esbozando una sonrisa encantadora–. Soy Sam Romano. Y siento presentarme así. A. J. y yo teníamos un negocio que nos ha llevado más tiempo del previsto, y al final me ha invitado impulsivamente. Espero que no la incomode.

–¿Negocio? –pregunto Margery.

–Trabajo para Sterling Security. Tiene una casa preciosa.

–Gracias.

Al ver que su tía lo miraba primero con curiosidad y después con aprobación, A. J. respiró aliviada.

–Hay varios invitados que trabajan en el distrito financiero. Se los presentaré –se volvió hacia A. J.–. Haz como si te lo estuvieras pasando bien –le dijo en voz baja.

A. J. observó cómo su tía se llevaba a Sam y la invadió una sensación de pérdida.

–Me alegra verla, señorita A. J. ¿Me permite decirle que esta noche está preciosa?

A. J. se volvió.

–Siempre me lo dices, Sweeney –le dijo al mayordomo.

–Es que siempre es verdad, señorita. Pero hoy de

un modo especial. Su tío y su primo están en la biblioteca con dos de los invitados. Me pidieron que los avisara cuando llegara usted.

–¿Quieren que me una a ellos?

–No, señorita. Solo que los avise a su llegada. Pero hay otro caballero, un tal señor Chase, que me ha preguntado por usted.

En ese momento A. J. vio al Senador Parker Ellis Chase acercándose a ella.

–Señor Chase, qué sorpresa. Mi tío no me dijo que estaría aquí.

–Cuando me invitó creí que iba a estar en Japón.

–Está en la biblioteca. ¿Sabe él que ha venido?

–En realidad he venido a verla a usted –miró su reloj–. Pero debo marcharme. Voy a comer con Park, y en el hogar del Padre Danielli se cena temprano.

–¿Qué tal le va?

Parker Chase la estudió un momento.

–Seguramente mejor que si nos lo hubieran vuelto a dejar a mi mujer y a mí. Y desde luego mucho mejor que de haber ido a la cárcel. Quería darle las gracias por haber hablado con el Padre Danielli en favor de Park. Voy a intentar cenar con mi hijo dos veces al mes.

–Me parece bien. Dele recuerdos a su hijo de mi parte cuando lo vea.

Diez minutos después, A. J. se dijo lo que se decía siempre. Las fiestas de su tía Margery eran todas parecidas, y en todas se hablaba de lo mismo. Cuando vio que un hombre alto de hombros anchos avanzaba hacia ella, echó una mirada a su reloj y ahogó un bostezo. A su tía le había llevado tan solo quince minutos para el primer soltero de la noche.

–A. J. –le dijo el hombre alto–. Espero que no te importe que me presente yo. Soy Lance Foster. Tu tía me prometió presentarnos, pero parece ocupada.

114

Desde luego que lo estaba, asegurándose de que presentaba a Sam a todas las mujeres solteras de la fiesta. Sam parecía estar disfrutando mucho; incluso estaba coqueteando con su tía. A. J. lo estudió con curiosidad. Aquel hombre parecía encajar en cualquier sitio.

Incluso, pensaba con pánico, había encontrado un lugar en su corazón.

—Podría darle mi tarjeta.

—¿Cómo? —A. J. salió de su ensimismamiento y centró su atención en el hombre que tenía delante—. ¿Su tarjeta?

—Trabajo en una asesoría de imagen.

—Lance, deja a la señorita. A. J. no necesita que nadie le asesore con su imagen. Consiguió robarme un cliente delante de mis narices.

A. J. suspiró aliviada al darse la vuelta y encontrarse con Bob Carter. Cuando él le tomó del brazo ella no puso objeción. De todos los hombres que su tía le había presentado, Bob era el menos obseso. Habían salido un par de veces a tomar algo y charlar como amigos, pero no había pasado nada más.

—Te la voy a tomar prestada un momento, Lance. Tenemos que discutir algo.

—Te debo una —dijo A. J. cuando se alejaron un poco—. Estaba a punto de ponerme a bostezar sin remedio.

—Bueno, entonces tal vez debamos salir a la terraza para que me muestres tu gratitud.

A. J. se echó a reír.

—Muchas gracias. Muchas mujeres estarían deseando salir a la terraza conmigo.

—Por eso decidí que fuéramos solo amigos.

—Pues vaya amiga. Después de que me quitaras a Pierre Rabaut sin llamarme siquiera por teléfono no debería ni dirigirte la palabra.

A. J. se volvió a mirarlo.

—Ni siquiera sabía que fuera cliente tuyo. Lo saqué de un apuro porque estaba allí mismo por casualidad, y no tenía ni idea de que fuera a cambiar de abogado.

–Relájate –dijo Bob–. No voy a echártelo en cara, sobre todo porque lo voy a recuperar.

A. J. entrecerró los ojos.

–¿Qué quieres decir?

–¿Es que no lo sabes?

–¿El qué?

Bob miró a su alrededor.

–Pues mira, tenía toda su información preparada para mandárosla cuando me llamó tu primo Rodney para decirme que había un cambio de planes. Hancock, Potter y King acababan de aceptar un cliente muy importante, y el conservar a Rabaut provocaría un conflicto de intereses. Me dijeron que no me molestara en enviar los archivos. Ahora ya no sé si los entendí mal.

–Rodney lo entendió mal –A. J. empezó a pensar–. ¿Dijo quién era el cliente?

–No.

–¿Sabes acaso cuál podría ser el conflicto de intereses? ¿O cómo está Pierre implicado en ello?

A. J. pensó en los dos invitados que estaban en la biblioteca con su tío.

–No mucho. Él compra propiedades de vez en cuando. Yo me ocupo de eso. Hará unos meses me pidió consejo en relación a una herencia. Pensaba que tendría algún problema para recibirla, y yo le referí a Harry Simons, que trabaja en nuestro departamento de propiedad inmobiliaria.

A. J. se lo pensó un momento.

–Me gustaría hablar con Harry en cuanto sea posible. ¿Podrías arreglarlo?

–¿Cómo conociste a A. J.? –le preguntó Margery mientras le pasaba una bebida.

116

–Mi padrino me la recomendó –dijo, y dio un trago de su refresco–. ¿Conoce al hombre con quien está hablando?

Margery miró hacia las puertas de la terraza.

–Es Bob Carter. Trabaja para Pitcairn y Cones, casi por afición. Su madre era una Penfield. Siempre han estado metidos en negocios de propiedad inmobiliaria. Se lo presenté a A. J. y estuvieron saliendo un tiempo justo después del divorcio de Bob. Espero poder convencerla para que le dé otra oportunidad. Están hechos el uno para el otro; y ya va siendo hora de que ella se case y se olvide de querer ser socia en Hancock, Potter y King.

Sam no pensaba que estuvieran hechos el uno para el otro. Bob no iba a estar tan bien con un ojo morado y la nariz rota.

Margery le puso la mano en el brazo.

–Si quiere dejar su negocio en Hancock, Potter y King, le irá mejor hablando con mi hijo Rodney. A. J. no se estará en la empresa mucho tiempo.

–¿Por qué no?

–Ella es... veleidosa; igual que su madre. Pero mi hijo Rodney es serio y responsable. Puede confiar en él.

–¿Dónde está él? –preguntó al ver que don Perfecto se alejaba de A. J.

–Trabajando –dijo Margery–. ¿Por qué no voy y le digo que quiere hablar con él?

Sam le sonrió.

–Se lo agradecería.

A. J. ya había salido a la terraza, y Sam la alcanzó en ese momento.

–Tu familia se merece que la fusilen –le dijo en tono casual.

Ella lo miró sorprendida.

–¿Te han tratado siempre como si fueras una extraña?

–Bueno... –siempre la habían tratado exactamente así, pero ella, como la habían acogido en su casa, jamás se lo había echado en cara–. Solo es que nunca he podido... encajar.

Él la agarró de la barbilla y le plantó un beso en los labios.

–Gracias a Dios.

–¿Qué te dijo don Perfecto que te dejó tan preocupada?

A. J. recordó lo que le había dicho Bob y se enfadó de nuevo.

–Me dijo que Pierre ya no es mi cliente.

Rápidamente le contó lo que le había dicho Bob Carter. Entonces miró a Sam a la cara.

–No voy a dejar de representar a Pierre hasta que él me lo pida.

Él le sonrió.

–Lo sé. ¿Quieres apoyo para decírselo a tu tío?

Ella se puso delante de él y él le tomó las manos.

–Claro. Somos socios, ¿no?

Sin soltarle la mano lo condujo hacia las puertas cristaleras de la biblioteca de su tío, que en ese momento ocultaba un grupo de arbustos.

Al llegar a la altura de los arbustos A. J. oyó voces. Se asomó entre el follaje y vio a Rodney, a su tío y a dos hombres en la biblioteca. Uno de los hombres era mayor, de unos setenta y tantos años, alto y con el pelo blanco. El otro también era alto, pero tendría unos treinta y tantos. Cuando iba a salir de detrás de los arbustos, Sam tiró de ella.

–... entiendan que quiero que la señorita Potter represente a LaBrecque International.

–Pero, señor, le aseguro que...

Jamison alzó una mano y cortó a su hijo.

–Ya basta, Rodney. Si los señores LaBrecque quieren a A. J., la tendrán. Pero primero tengo que hablar con ella –se apartó de la mesa y le hizo una seña a Rodney para que lo siguiera–. Pónganse cómodos, señores.

Casi no les había dado tiempo a esconderse bien
tras las plantas cuando los dos franceses salieron a
la terraza.

–Papá...

Girard LaBrecque lo interrumpió con gesto impaciente.

–Sé lo que estoy haciendo.

–¿De verdad?

El hombre se volvió hacia su hijo.

–¿Te atreves a cuestionarme?

–No es mi intención faltarte al respeto, y ahí
dentro no he dicho nada. Pero ahora estamos solos. Y cuando mamá murió me prometiste que finalmente dirigiría LaBrecque International.

–Sí. Pero tú y yo hemos decidido ampliar nuestro negocio en este país. Y para hacer eso necesitamos representación legal. Este bufete de abogados
tiene muy buen nombre.

–Estoy de acuerdo. Pero esta debería ser decisión mía. Hiciste la llamada sin consultarme. Ahora
me entero de que no es la empresa lo que te interesa, sino la señorita Potter.

–La quiero a ella –dijo el viejo con énfasis–. Ayer
la vi en la tele y me recordó tanto a tu madre...

–Es por esa vieja rivalidad, ¿verdad? Ella es la
abogada de Pierre Rabaut y por eso la quieres. Pero
tenemos problemas más importantes que ese, papá.

El viejo golpeó el suelo de baldosas con el bastón.

–¡Tonterías! Rabaut se llevó lo que era mío, y sigue queriendo lo que es mío. Debe recibir su castigo.

Detrás de los arbustos, A. J. se volvió a mirar a
Sam. Pero él le había leído el pensamiento. Le
puso las manos en la cintura y la ayudó a subir.

–Esta es mi oportunidad –le dijo en voz baja, y al

momento salió de detrás de los arbustos y fue hacia los hombres.

–Soy A. J. Potter –dijo, y nada más llegar hasta ellos les dio la mano.

El hombre mayor le tomó la mano y se la llevó a los labios.

–Soy Girard LaBrecque. Y este es mi hijo, Bernard.

A. J. le habría dado la mano a este, pero Girard parecía no querer soltársela. A. J. tiró, pero el hombre se la agarró con fuerza. Y no le quitaba los ojos de encima; ni siquiera había pestañeado. A A. J. le dio la impresión de que estaba tan ensimismado que ni la veía.

–Si quisiera devolverme la mano...

–Venga. Tenemos que hablar –dijo, y empezó a tirar de ella hacia las puertas de la biblioteca–. Pero no aquí. Primero cenaremos en la suite de mi hotel.

–No –dijo A. J., y por el rabillo del ojo vio que Sam se había levantado–. No iremos a su hotel; podemos hablar aquí.

–En mi hotel –insistió Girard–. Ahora que trabaja para mí...

–Yo no trabajo para usted, señor LaBrecque.

–Tonterías. Su empresa ha accedido a...

–No...

–A. J., aquí estás –Jamison se acercó a ellos con Rodney a la zaga–. Veo que ya conoces a tu nuevo cliente.

–No –dijo muy claramente–. El señor LaBrecque no es mi cliente.

Los cuatro hombres se la quedaron mirando.

–Pierre Rabaut es mi cliente. Seguiré representándolo hasta que él me diga que ya no le intereso.

–Un momento –su tío Jamison avanzó un paso al tiempo que Girard LaBrecque la agarraba con más fuerza–. Les he prometido a los LaBrecque que serás la representante de LaBrecque International. Rodney ha notificado al señor Rabaut a través de su abogado anterior.

A. J. lo miró a los ojos.

–No me lo notificaste a mí.

–Trabajas para mí –dijeron Jamison y Girard al mismo tiempo.

–No. No trabajo para ninguno de los dos –miró al señor LaBrecque con insistencia–. Y haga el favor de soltarme la mano.

–¡Papá!

Girard LaBrecque pestañeó cuando le soltó la mano.

–Gracias –dijo A. J. mirando al joven LaBrecque –entonces se volvió a los otros hombres–. Estoy trabajando para el señor Rabaut. Y para asegurarnos de que esto no causa ningún conflicto de interés para la empresa, tío Jamison, el lunes encontrarás mi carta de dimisión en tu mesa.

Entonces se dio media vuelta y se alejó del grupo. Sam estaba a su lado antes de que ella diera tres pasos. Al momento estaban en el pasillo de camino al vestíbulo.

–¿Te he dicho alguna vez que me gusta tu estilo, abogada?

–Eres una minoría –dijo mientras Sweeney los detenía a la puerta.

–Esto lo acaba de traer un mensajero –le dijo mientras le pasaba dos sobres.

A. J. se fijó en el blanco inmaculado de uno de los sobres, la cuidadosa letra. En cuanto salieron de la casa, Sam abrió el suyo y lo leyó.

–Mañana al mediodía nos encontraremos con los secuestradores en Central Park.

Capítulo Nueve

–¿Adónde vamos ahora?

La pregunta salió por el intercomunicador de la limusina, pero A. J. se dio cuenta de que era la misma que ella estaba pensando.

Esa primera sensación de libertad se había desvanecido un poco cuando el ascensor la había llevado a toda velocidad a la planta baja. Había presentado su renuncia en Hancock, Potter y King. Tal vez nunca quisieran volver a recibirla en casa de sus tíos. ¿Dónde, la verdad, iría entonces?

–Al Willoughby –Sam le tomó la mano–. Quieres pasar por allí, ¿verdad?

–Sí –miró el reloj; eran casi las siete.

Claire estaría esperándola para que le diera la falda, y tal vez habría esperado mucho más si Sam no se hubiera acordado.

–¿Estás bien? –le preguntó Sam.

–Eso creo. Mi futuro... es como una página en blanco.

Él le sonrió.

–Ya se te ocurrirá qué escribir en ella.

Nadie había tenido jamás tanta fe en ella.

–¿Y bien? –le preguntó Sam–. ¿No vas a abrirla? A ver qué te han escrito a ti.

A. J. abrió el sobre y leyó el mensaje.

Si quiere volver a ver a Pierre Rabaut, debe estar presente mañana a las doce del mediodía en Central Park. Ya sabe qué debe llevar consigo.

–Y hay un mapa adjunto –dijo A. J.

–En el mío también. Creo que conozco en lugar en el mapa; está cerca de unos antiguos establos. Ya no se utilizan para caballería, y esa zona cercana al camino está bastante solitaria.

–Es una nota muy elegante –dijo A. J. mientras le daba la vuelta.

–Qué extraño que no nos hayan pedido directamente que lleváramos el collar. Por supuesto, no podemos saber con seguridad que seamos los únicos invitados. Pero...

–¿Qué?

–Déjame pensar un momento.

A. J. se volvió a mirar por la ventana, negándose a pensar en nada. Al poco se volvió y miró a Sam. Era tan sencillo imaginar de nuevo lo que habían hecho en la limusina hacía un par de horas; igual de sencillo que recordar lo que había sentido cuando habían estado escondidos tras los arbustos en el jardín de su tía. Él la había agarrado de la cintura, de las manos. Solo de pensar en ello A. J. volvió a experimentar las mismas sensaciones. Deseaba que Sam volviera a acariciarla.

–¿Sam?

Sin abrir los ojos, Sam alzó una mano, pero no dijo nada más. Estaba claro que él no estaba pensando lo mismo que ella. De pronto la limusina se detuvo junto a la acera.

–Ya estamos aquí –le dijo a Sam cuando el conductor abrió la puerta.

Sam abrió los ojos inmediatamente.

–Ponte algo cómodo. ¿Tienes pantalones cortos y zapatillas de deporte?

–Claro... Pero yo pensé que...

Él le sonrió.

–Oh, haremos eso y más.

Cuando estaba a punto de abrir la puerta, Sam tiró de ella y le plantó un beso en los labios. Una oleada de calor la invadió y la recorrió desde los labios hasta los dedos de los pies. Sintió como si aquel calor la absorbiera, partícula a partícula. La intensidad e intimidad del momento la sorprendió. Cuando él la soltó, estuvo segura de que se le habían derretido los huesos.

–Te prometí que iba a hacerte el amor despacio. Pero primero quiero ocuparme de algo. ¿De acuerdo?

–De acuerdo –consiguió decir, y entonces rezó para que las piernas le respondieran al salir de la limusina.

Llegaron a la puerta de entrada al mismo tiempo que la señora Higgenbotham salía de un taxi con Antoine y Cleo. El caniche parecía estar sintiendo lo mismo que ella; cierta sorpresa pero mucha felicidad también. Antoine en cambió tenía un aspecto satisfecho, como un animal que hubiera atrapado a su presa.

A. J. esperó a que Sam les abriera la puerta para acceder al vestíbulo del Willoughby.

–¿Qué tal les ha ido a los dos amantes? –Franco abrió un ojo, tumbado en su hamaca al sol que entraba por la claraboya.

Los perros se hicieron carantoñas y la señora Higgenbotham suspiró.

–¿Algún problema? –dijo A. J..

La señora Higgenbotham sacudió la cabeza.

–No. Sí. Quiero decir... Mi Cleo y esto... –señaló con la mano a Antoine–. Parece ser que están hechos el uno para el otro. El doctor Fielding está seguro de que Cleo y Antoine están juntos porque es su destino.

–Yo digo que es la falda –dijo Franco.

–¿De qué estás hablando?

–Es lógico –dijo Franco–. Las tres chicas os habéis puesto la falda y las tres habéis paseado a Cleo. Ella ha recibido la influencia de la falda y ha encontrado el verdadero amor.

–Bueno –la señora Higgenbotham pestañeó–. Estoy bien segura de que el doctor Fielding no estará de acuerdo, Franco. Sometió a Cleo y a este... individuo a una sesión de regresión en el tiempo; parece ser que llevan trescientos años buscándose. Tengo que llevarlos de nuevo mañana para que continúe con la regresión. Está convencido de que estos dos datan del tiempo de los faraones. Quiere escribir sobre ellos.

–Pues si quiere utilizar a Cleo y Antoine para escribir un libro –dijo A. J.–, en lugar de sacarle dinero va a tener que compensarla.

–Oh –la señora Higgenbotham sonrió por primera vez desde que habían bajado del taxi–. Me encanta cómo piensas, querida. Tal vez no sea necesario llevar a juicio al dueño de Antoine. Además, no quiero hacerlo. Cleo parece estar feliz. Pero seguramente la echarán del club canino.

–Mire el lado positivo –dijo Sam–. No le apetecerá mucho ir por allí ahora que tiene a Antoine.

–Cierto –la señora Higgenbotham sonrió de oreja a oreja–. Y si Cleo no quiere ir al club canino, así se arreglará lo de mi otro juicio, ¿no te parece, A. J.?

–Sí, creo que sí.

–Bien –la señora Higgenbotham hizo una seña a los perros y echó a andar hacia el ascensor–. Odio las cosas legales. Es todo tan confuso.

El último sitio donde habría imaginado que Sam la llevaría sería a la azotea del hotel de su familia. Habían tomado un ascensor privado, y después Sam se había excusado para cambiarse de ropa.

Había oído hablar de jardines en las azoteas de los edificios de Manhattan, pero aquel era desde luego especial. Un apartamento de lujo ocupaba una cuarta parte de la azotea, con su patio privado donde había incluso una fuente. Pero el follaje continuaba más allá de aquel rincón privado. Había parterres y macetas de flores que endulzaban el aire con sus aromas.

Y entonces vio la pista de baloncesto, allí en medio de la azotea. A un lado de la pista había una fila con mesas y asientos, como los de un merendero.

–A mi familia le encanta el baloncesto –dijo Sam.

–Ya veo –respondió, volviéndose hacia él.

Se había cambiado de ropa y se había puesto unos pantalones cortos vaqueros algo descoloridos, al igual que la camiseta gris de manga corta. Solo de mirarlo se le hizo la boca agua. Empezó a dar vuelta a la pelota que tenía en la mano.

–¿Te apetece jugar?

Ella miró hacia la pista y luego a él.

–¿Lo dices en serio?

–Los Romano nunca bromeamos con el baloncesto. Me ayuda a meditar. Cuando tengo un caso difícil, siempre lo hago.

–¿De verdad? Creía que la siesta que te echaste en la limusina te habría ayudado.

Él le sonrió.

–No fue una siesta. Entré en un estado de semi inconsciencia para que mi subconsciente pudiera contemplar las piezas del rompecabezas. Esa es mi estrategia número uno. El baloncesto es la segunda. ¿Te apetece unirte a mí?

Ella atrapó la pelota sin problema cuando él se la lanzó.

–¿Has jugado alguna vez?

–Solo hay que meterla por ese pequeño aro, ¿verdad?

–Sí. Venga practica un poco.

A. J. se colocó delante de la canasta, a una distancia prudencial, lanzó la pelota y la encestó limpiamente. Sam la miró de un modo que la hizo reír.

–Has jugado antes –dijo él.

–¿Tú crees? –le preguntó cuando el segundo tiro se coló por la red.

–Hazlo otra vez.

Lo hizo. Y Sam sintió una alegría tremenda. Si no estuviera ya enamorado de ella se habría enamorado en ese momento. Quería decírselo. Pero se había prometido a sí mismo que le daría tiempo. Entendía el coraje que había tenido para romper del modo que lo había hecho esa noche, y también el dolor que le parecía que estaría sufriendo por ello. Después de todo, la familia era la familia. Lo que menos quería era añadir presiones a las que estaba seguro que ya sentía.

–Juguemos entonces –dijo Sam.

Y lo hicieron. Él perdió la noción del tiempo mientras corrían de un lado a otro de la pista. Debería haberse dado cuenta desde la primera vez que había visto esas piernas que sería buena jugando al baloncesto. Tenía las piernas largas y fuertes, y por cada paso suyo ella daba dos. Cada vez que se daba la vuelta, ella estaba allí.

Y lo que a A. J. le faltaba en altura lo compensaba con ligereza y maestría.

¡Qué mujer!

Estaba tan cansado como ella cuando se pararon a descansar en medio de la pista.

–¿Has conseguido ya dar con la solución, Sherlock?

Sam se echó a reír.

–Eres mucho más dura de pelar que Watson.

–Desde luego.

Sam le echó el brazo por los hombros, y botó la pelota con la mano libre.

–Veamos si funciona. Vamos a reflexionar juntos sobre esto. ¿Estás lista?

–Adelante. Estoy segura de que lo pillaré enseguida.

Sam no tuvo ninguna duda mientras echó a andar por la pista, rebotando la pelota contra el suelo.

–Primera pieza del rompecabezas; tenemos dos collares falsos y el auténtico parece estar desaparecido.

A. J. asintió.

–Segunda pieza: el hombre de la barba. No hace más que aparecer por todas partes. Primero acosó a Pierre nada más salir del museo, después intentó robarte el bolso, o tal vez a ti. Y más tarde te siguió, para lo mismo. Y ayudó en el secuestro de Pierre.

Al final de la pista se dio la vuelta y empezó a caminar hacia el otro extremo, con A. J. a su lado.

–Tercera pieza: alguien revuelve el apartamento de Pierre en busca de algo. ¿Sería obra del barbudo o de los LaBrecque? ¿O de otra persona?

–El viejo, Girard, tiene sin duda fijación con Pierre.

–Y contigo.

–Tienen problemas financieros, porque están intentando ampliar su mercado, y si el collar fue robado cobrarían el seguro. También está el hecho de que Marie amó a Pierre en su día.

–Ese tipo de posesividad sugiere la posibilidad de que Girard no funcionara como es debido.

–Así que tal vez piense que puede destruir a Pierre y hacerse con el collar de una sola vez –A. J. se paró de repente–. Acabo de acordarme de una cosa. Se me había olvidado hasta ahora. Bob Carter me dijo que hace unos meses Pierre recibió una herencia y que el testamento iba a ser impugnado. Tal vez no sea nada, pero me sorprendió que ocurriera cuando ocurrió. Hace tres meses fue a Reims para el funeral de Marie. Tal vez las dos cosas estén relacionadas.

–¿Qué piensas?

–No estoy segura. El abogado con quien Pierre habló me va a llamar mañana. ¿Pero y si Marie le dejó algo a Pierre en su testamento? Tal vez eso fuera suficiente para atizar la sed de venganza de Girard.

Sam soltó la pelota, la levantó en brazos y empezó a dar vueltas.

–Eres genial. Te dije que lo de la reflexión funciona. ¿Por qué no llamas a ese policía francés por la mañana a ver si hay algún cotilleo?

A. J. miró el reloj.

–No tengo que esperar. Dijo que podía llamarlo en cualquier momento.

Con la pelota en las manos, Sam escuchó a A. J. mientras esta se camelaba al policía en francés. Su italiano fluido le permitió seguir el hilo de la conversación. El hombre iba a ver si podía averiguar lo que decía el testamento de Marie LaBrecque. No se había hecho público, pero el hombre tenía un primo que tenía contacto con alguien que trabajaba para el abogado.

A. J. sonreía y se reía con el hombre al otro lado de la línea telefónica. Podría haber estado celoso de no haber sido porque el policía estaba en Reims y él allí mismo, al lado de A. J..

A. J., no. Era Arianna la que estaba haciendo la llamada. Se preguntó si se había dado cuenta del cambio. No le gustaba desvelar su lado tierno, ni siquiera admitir que lo tenía. Y no le extrañaba, con la familia que tenía.

En cuanto colgó el teléfono, Sam lanzó la pelota al suelo y fue hacia ella.

–Me llamará en cuanto tenga algo.

Sonriendo, Sam le tomó la mano.

–Quiero darte las gracias por reflexionar conmigo. Se te da bien.

–Pero aún no hemos resuelto nada. Y no hemos encontrado a Pierre.

Sam suspiró.

–Tengo el presentimiento, llámalo instinto de investigador, si quieres, de que entre tu policía francés y los que nos juntemos mañana en Central Park, vamos a conseguir muchas pistas. Mientras tanto, quiero que intentemos la estrategia número tres.

Ella lo miró con suspicacia.

–¿Cuál es esa?

–Bueno, nunca la he probado antes, de modo que sería experimental. Pero como me has dicho que el entrar en un estado semi inconsciente y jugar al baloncesto no nos han proporcionado resultados satisfactorios, estoy desesperado.

Ella entrecerró los ojos.

–¿Y cuál es esa estrategia experimental?

Él el agarró la barbilla y se la alzó.

–Quiero hacerte el amor.

Solo esas palabras fueron suficientes para que el deseo prendiera en su interior.

–¿Y qué te hace pensar que eso funcionaría?

–Elemental, mi querido Watson –murmuró y empezó a mordisquearle los labios–. ¿Nunca se te ha ocurrido la solución a un problema en particular cuando menos la esperabas?

–Claro. Continuamente.

Sam le estaba besando el hombro de tal forma que no dejaba de sentir escalofríos en la piel. Además, le estaba costando seguir el hilo de la conversación.

–¿Y crees que se nos ocurrirá una solución si nos acostamos juntos?

Sin poder resistirse, empezó a mordisquearle la oreja.

–No es acostarnos juntos, Arianna. Voy a hacerte el amor.

–Me llamo A. J. –dijo mientras sus labios se acercaban peligrosamente a los de ella.

Justo cuando pensaba que iba a besarla, él se retiró.

–Pero también eres Arianna. Y hacer el amor es distinto a mantener una relación sexual. Te lo voy a demostrar.

Sí, por favor, pensaba ella, intentando centrarse.

–¿Crees que Sherlock utilizó alguna vez esta técnica con Watson?

Él se echó a reír y le agarró la cara con ambas manos.

–Eh, nunca se sabe. ¿Estás dispuesta?

Ella lo abrazó y empezó a besarlo, intentando también obrar su magia particular con él.

–Pensé que nunca me lo pedirías.

–Pues vamos –le dijo mientras tiraba de ella hacia el apartamento de la azotea; al llegar al patio, Sam se detuvo–. No te muevas.

A. J. esperó mientras él desaparecía en el interior del apartamento de lujo. Momentos después sonó la música. Antes de que volviera, A. J. tuvo tiempo de fijarse que había unas velas encendidas en una mesa pequeña y una botella de vino enfriándose en un cubo. Sam debía de haber hecho todo eso cuando se había cambiado de ropa. La dulzura del gesto la conmovió.

Estaba enamorada de Sam Romano. Sintió alegría y miedo al mismo tiempo. Quería gritar a los cuatro vientos lo que en ese momento invadía sus pensamientos y su corazón. Pero no podía. Debía de ser lo que a Sam menos le apetecería escuchar.

Y entonces él volvió al patio. No dijo nada, solo le tomó las manos y le besó primero una y después la otra. Entonces le agarró la cara con las dos manos para besarla. Fue un beso tan suave, tan tierno.

–Perfecto –murmuró él.

A. J. sintió que se derretía por dentro.

–Te deseo –susurró Sam en sus labios.

«Para siempre». Las palabrsa se habían colado en su mente nada más salir al patio y verla allí de pie con las luces de Manhattan de fondo. La deseaba a su lado para siempre. Y a pesar de la sorpresa que le produjo, supo que era cierto.

«Para siempre». Las palabras se repitieron en su mente mientras la besaba con suavidad desde la mandíbula hasta detrás de la oreja. Bañada por la luna, le había parecido la estatua de una diosa, con el pelo plateado y la piel tan blanca y delicada como la porcelana.

Pero era cálida, humana. Le acarició el cuello y los hombros. Era tan frágil y tan fuerte al mismo tiempo...

Se retiró mientras estaba a tiempo, le levantó la camiseta y se la quitó por la cabeza, dejándola tan solo con un pequeño sujetador de seda y encaje. Entonces, sin dejar de mirarla a los ojos, empezó a acariciarla por todas partes.

–Llevo tanto tiempo esperando a hacer esto –susurró.

«Para siempre».

El placer le nubló la visión y le obnubiló el pensamiento. Aquello era tan distinto a lo que habían compartido en la limusina. Había tantas sensaciones que saborear. El suave roce de las puntas de los dedos sobre sus pechos; la leve presión del pulgar rodeándole el pezón; la caricia confiada de sus dedos largos en su cintura. Nadie la había acariciado así, como si supiera exactamente lo que más placer le proporcionaba. Llevaba toda la vida esperando a que alguien la tocara así.

Sam la plantó las manos en las caderas y la estrechó contra su cuerpo.

–Arianna.

Ella lo abrazó y empezó a acariciarle el cabello.

–Nadie me llama así.

Perdió la noción de la realidad al sentir su erección presionándola en el vientre.

–Nadie excepto yo, Arianna.

Cuando la agarró por las caderas y la levantó del suelo, ella le entrelazó las piernas alrededor de la cintura.

–Nadie excepto tú –murmuró mientras lo besaba en el cuello.

Esas mismas palabras se repetían en su mente mientras la llevaba al dormitorio. La luna se colaba por las ventanas e iluminaba la cama. Sam la depositó allí con cuidado y se tumbó con ella. Quería ir despacio, pero estaba empezando a perder el control. Cuando ella empezó a desabrocharle la ropa, supo que estaba perdido.

Era rápida y de manos ágiles. Y en cada sitio donde lo tocaba, la cintura, el pecho, el cuello, la llama de la pasión encendía su piel. Su cuerpo parecía fascinarla mientras hacía lo mismo con los pantalones. Sam consiguió sacar el preservativo de su envoltura con el poco juicio que le quedaba.

En su mente la veía como Arianna, la diosa delicada del patio, y como A. J., la sirena que lo atraía con sus caricias para precipitarse por el abismo. Sam le desabrochó los pantalones cortos y se los bajó despacio, siguiendo después el mismo camino con su boca.

Arianna y A. J... Las palabras se repitieron en su mente.

Le gustaban las dos, las deseaba a las dos. En ese momento.

Se colocó el preservativo y al momento ella empezó a enfundárselo, con suavidad, presionándole el miembro, volviéndolo loco.

Entonces Sam se colocó sobre ella.

—Solo tú.

No sabía quién había dicho las palabras, únicamente que por fin estaba dentro de ella. Sus manos se unieron y empezaron a moverse al unísono, despacio al principio y más deprisa después, hasta que el mundo se alejó y quedaron solo ellos dos.

Capítulo Diez

Permanecieron callados un largo rato. Había tantas cosas que Sam quería decirle. Para empezar, que la amaba. Pero aún no había llegado el momento. Ella había sido educada para casarse con el hombre perfecto, con un hombre con una familia, una profesión y una educación adecuadas. Y él no tenía ninguna de esas tres cosas. Sin embargo iba a ser suya para siempre. Solo tenía que encontrar una buena estrategia.

Finalmente ella levantó la cabeza y lo miró a los ojos.

—No creo que Holmes y Watson hicieran lo que acabamos de hacer.

Sam se echó a reír.

—Ahora me vas a preguntar si la estrategia ha funcionado.

—¿Ha funcionado?

En ese momento a A. J. le sonaron las tripas.

—Voto para que lo pospongamos —dijo—. Podemos hablar después de que te dé de comer.

Cenaron a la luz de las velas, sentados sobre la cama con una música de jazz de fondo.

Él estaba frente a ella, mirándola con tanta intensidad; como si ella fuera todo lo que siempre había deseado.

A. J. quería decirle lo que sentía. Y sobre todo quería decirle que lo amaba. Pero el miedo la silenció. Aquella tarde había perdido todo lo que siempre había pensado que deseaba. No quería perder a Sam.

—¿Más champán? –le preguntó él.

—No –contestó–. Ya puedes decirme si la última estrategia ensayada nos ha acercado más a la solución del problema.

Sam iba a tomarle la mano cuando sonó el móvil.

—¿Quién puede ser? –preguntó A. J. mientras abría el bolso y sacaba el teléfono.

—Seguramente tu policía francés.

Y así fue. Estaba tan emocionado que a A. J. le costó concentrarse mucho para entender todo lo que decía.

—En su testamento, Marie Bernard LaBrecque le dejó el collar Abelard a Pierre Rabaut. Y según el poli francés, no ha habido ningún cotilleo al respecto. La amiga de la esposa de su primo lo ha jurado.

—¿Qué más te ha contado?

—Que los LaBrecque han impugnado el testamento, diciendo que Mary no estaba en su sano juicio. A pesar de todo el abogado de la familia no tiene muchas esperanzas. Estaba bastante lúcida cuando le expresó su deseo –A. J. le sonrió–. Eso también es un secreto.

—Si Pierre es dueño del collar auténtico, o lo será cuando se lo entreguen los tribunales, ¿entonces por qué robarlo?

—Llevo todo este tiempo diciéndote que no lo hizo él.

Sam se levantó de la cama y empezó a pasearse por la habitación.

—El de la vitrina es una copia, el de tu bolso también. Entonces el auténtico está...

—En el museo –dijo A. J.

Sam se volvió hacia ella.

—Eres testaruda, leal y... tal vez tengas razón —dijo en tono pensativo—. Sí, estoy seguro de que tienes razón. El collar auténtico está en el museo, solo que no está en la vitrina. Eso explicaría la nota que me escribió. Las apariencias engañan... —recordó—. Pierre solo hizo como si lo robara —le dio un beso en la frente—. Gracias.

Ella le sonrió.

—Pero aún no tenemos respuestas. No sabemos dónde está Pierre.

—Debemos seguir reflexionando. Creo que la estrategia número tres es la que más me ha gustado de todas —dijo mientras le quitaba la camiseta—. Probémosla de nuevo.

A. J. se vistió con la música de Debussy de fondo. Era la primera vez que lo hacía, pero tampoco había empezado nunca el día duchándose con Sam. Pensó que era algo que quería hacer a diario a partir de ese momento, e iba a tener que decírselo. En cuanto supiera cómo. Salió al patio y se sentó en el escalón de piedra a reflexionar sobre la mejor estrategia.

—Hola.

Levantó la cabeza rápidamente y se encontró con dos pares de ojillos curiosos. Las dos chicas tendrían alrededor de dieciséis años y ambas eran morenas y poseían la belleza de Sam. Las dos llevaban sendas bandejas cargadas de comida.

—Hola.

—Espero que no te molestemos —dijo una de ellas—. Sam llamó y nos dijo que podíamos subir, pero...

—No me estáis molestando. Dejad que os ayude —le quitó la bandeja a una de ellas y la puso sobre la mesa del patio.

137

–Soy Grace y ella es Lucy –le explicó la más mayor–. Somos primas de Sam.

–Yo soy A. J.

–Me encanta tu nombre –dijo Lucy.

–Ya vale, chicas –un hombre alto apareció detrás de unas macetas grandes que rodeaban el patio–. Hola. Soy el hermano mayor de Sam, Tony.

Era más fortachón que Sam, A. J. notó, y poseía también la belleza de los demás Romano que había conocido. Sin vacilar Tony Romano le dio un abrazo de oso.

–Bienvenida a Henry's Place –se apartó y la estudió brevemente–. Andrew me dijo que eras una monada, pero eso no te hace justicia.

–Sam dijo que eras preciosa –dijo Lucy.

Tony le sonrió.

–Tiene razón, pero que nadie le diga a Sam que yo también lo he dicho.

–Demasiado tarde –Sam apareció a la puerta con un teléfono móvil pegado a la oreja–. Empezad. Estaré con vosotros dentro de un momento.

En un segundo, A. J. se vio sentada entre Lucy y Grace a la mesa; en su plato tenía una tortilla francesa, salchichas y varias rodajas de melón. A. J. dijo con mucha cortesía que no tenía tanta hambre, pero todo el mundo hablaba al mismo tiempo.

Las comidas familiares en casa de sus tíos jamás habían sido así. Siempre se habían sentado el uno bien lejos del otro, y no recordaba que nadie se hubiera reído en ninguna ocasión.

Después del almuerzo, cuando todos se hubieron despedido de ella cariñosamente, Sam y A. J. volvieron a quedarse solos.

–Tu familia... –empezó a decir mientras las puertas del ascensor privado se cerraban–. Son...

¿Cómo decirle que la habían hecho sentirse como una más?

–Tienes mucha suerte –dijo A. J. sin más.

138

Sam sonrió y le dio un apretón en la mano.

–Sí, son maravillosos.

–Tengo que pedirte un favor –dijo A. J. mientras llamaba a un taxi–. Quiero pasar por mi apartamento para ponerme la falda. Supongo que necesitaremos toda la suerte del mundo con estos atracadores.

Sam le alzó la barbilla y le plantó un apasionado beso.

–Me gusta cómo piensas, Watson.

A. J. y Sam llegaron a la entrada del parque con poco tiempo de sobra. Lucía el sol y hacía un poco de calor. Había gente tomando el sol sobre el césped y otros haciendo deporte. A. J. le dio tiempo a fijarse en todo lo que acontecía a su alrededor porque desde que habían salido de su apartamento, Sam había estado muy callado, reflexionando.

Cuando tuvo que empujar a Sam al césped para evitar que se chocara con un niño que iba en bicicleta, decidió que tenía que decirle algo.

–¿Quieres decirme lo que te tiene tan preocupado?

–Solo estoy meditando.

–Yo también. Meditemos juntos. Lo del testamento me pareció una buena noticia. Desde luego explica muchas cosas. Al menos ahora sabemos por qué Girard LaBrecque odia a Pierre; eso solo le ha dado un motivo más para deshacerse de tu padrino.

–Pero eso plantea tantas preguntas como respuestas. ¿Si Pierre es dueño del collar, por qué entró en el museo? ¿Y por qué Mary LaBrecque se lo dejó a él?

A. J. lo estudió un momento.

–Tal vez lo amaba. Tal vez se arrepintiera de haberse quedado con LaBrecque.

–O a lo mejor se sintió culpable por no enfrentarse a lo que su familia había planeado para ella.

A. J. le tomó la mano.

–Tal vez las dos cosas. Aunque a lo mejor no conocemos toda la historia.

–Solo sé una cosa. No quiero que vengas conmigo a la reunión con los secuestradores. Quiero que esperes aquí.

A. J. arqueó las cejas.

–Ni loca. Me han enviado una invitación, y Pierre es mi cliente.

Él la agarró de los brazos.

–Ya he enviado a Luis y a Tyrone al lugar para que nos cubran, pero yo conozco esa parte del parque. No podrán acercarse demasiado si algo va mal. Esto no me da buena espina, y mi instinto no suele fallarme.

–A mí tampoco me falla –dijo ella, avanzando un paso–. Quiero que te enteres. No te vas a librar de mí; me voy a pegar a ti como una lapa.

Él avanzó un paso y al segundo siguiente la estaba besando apasionadamente. Al momento tanto él como ella perdieron la noción de la realidad circundante y se perdieron en la fantasía de aquel beso. Ella le deslizó las manos por los brazos y se pegó a él hasta sentir las musculosas llanuras de su cuerpo. Quería que supiera que no iría a ningún sitio. Ella no era como Marie, ni como Isabelle Sheridan. Ella no iba a dejarlo marchar. En lugar de eso iba a ser como Cleo; se empeñaría hasta conseguir a su hombre.

Y si tenía que ponerse la falda todos los días hasta que él se diera cuenta, lo haría.

Cuando se separaron, A. J. lo miró y sonrió.

–¿Te sientes mejor?

Él se echó a reír y apoyó la frente contra la de ella.

–¿Es esa tu idea de terapia?

–A mí me funciona.

—A mí también —dijo Sam, y suspiró—. Cuando lleguemos, quiero que estés a mi lado todo el tiempo.

—Ni lo dudes.

Sam condujo a A. J. por una pendiente hasta el álamo que habían marcado con una «x» en el mapa. No estaba lejos de los antiguos establos. También había una pequeña zona boscosa a unos cien metros a la izquierda que Sam no perdía de vista, y un viejo puente de piedra a la derecha. Cualquiera de los dos sitios podría ser un buen escondite, e imaginó que Luis y Tyrone se habrían aprovechado de ello.

Miró hacia los antiguos establos y fue entonces cuando vio a los LaBrecque; a Girard con su bastón y a Bernard unos pasos detrás de su padre.

Sam le dio a A. J. un apretón en la mano mientras continuaban bajando por el montículo.

—Quédate junto a mí. No veo a Pierre, así que tendremos que improvisar.

Ninguno de los LaBrecque habló hasta que se detuvieron bajo el árbol. Entonces Girard se dirigió a A. J.

—¿Dónde está Rabaut?

—Eso es lo que queremos saber —dijo Sam.

—No hemos venido a jugar. ¿Dónde está Pierre Rabaut? —Girard LaBrecque rasgó el aire con su bastón, que rozó el hombro de Sam antes de que este tuviera la oportunidad de apartarse.

Sam se recuperó y empujó un poco a A. J. hacia atrás.

—Papá —Bernard avanzó y le puso una mano en el brazo a su padre—. Le pido disculpas en nombre de mi padre, señorita Potter y señor...

—Romano. Trabajo para Sterling Security, la empresa que contrataron para proteger el collar.

Bernard frunció el ceño.

–¿Por qué está aquí?

–La señorita Potter y yo hemos recibido los dos una invitación diciendo que viniéramos aquí al mediodía a buscar a Pierre Rabaut. ¿Así que dónde está?

–¡Ya basta! Exijo que me entreguen a Rabaut –dijo Girard golpeando su bastón–. Debería haberlo matado hace años.

–Papá –dijo Bernard con firmeza a su padre, y después se volvió hacia A. J.–. Lo siento, mi padre no ha vuelto a ser el mismo desde que murió mi madre.

–Se supone que Rabaut iba a estar aquí con el collar que robó –dijo Girard.

–Pero él no lo robó –dijo A. J.

Girard se quedó callado un momento. Se limitó a mirar a A. J. con la misma fascinación que Sam había visto la tarde antes en el jardín de los tíos de A. J.

–Se parece usted tanto a ella... –su voz se apagó un momento–. Tanto. Es testaruda. Marie tampoco creía que él hubiera robado el collar. No lo había robado, por supuesto. Pero resultó fácil amañarlo para que lo encontraran en su bolsillo; e incluso cuando lo llevaron a la cárcel ella siguió creyendo en su inocencia.

–Papá, ya basta –dijo Bernard.

Girard levantó el bastón y por un momento Sam estuvo seguro de que golpearía a su hijo.

–No me interrumpas. Quiero decírselo a la señorita Potter.

Los dos hombres se miraron, y el joven retrocedió.

Cuando Girard se volvió hacia A. J., estaba más calmado.

–Marie era joven y obstinada. Iba a ser leal a Pierre, al igual que usted está empeñada en serle leal.

142

Así que llegamos a un acuerdo –avanzó un paso hacia A. J.–. Es usted joven, obstinada, y llegaremos a un acuerdo si desea volver a ver a Pierre con vida. Le aseguré a su tío que cambiaría de opinión en cuanto a trabajar para nosotros.

Girard hablaba con calma, con naturalidad, pero fue su mirada lo que asustó a Sam. Casi se había dado cuenta en la terraza, pero en ese momento le quedó bien claro que Girard LaBrecque estaba loco. ¿Habría sido por la muerte de su esposa, o por el testamento? Tal vez siempre lo hubiera estado.

«Las apariencias engañan». Sam sintió ganas de soltar una palabrota cuando sintió un cosquilleo en los dedos. ¿Por qué no le habría dejado su padrino una nota diciéndole que nada era lo que parecía ser?

¿Ni siquiera el secuestro?

–¿A qué acuerdo llegó con Marie? –le preguntó A. J.

«Siempre haz lo más inesperado». Sam recordó las palabras de su padrino mientras A. J. entretenía a Girard. El planear su propio secuestro habría sido una buena manera de salvar el pellejo, de frustrar a quienquiera que estuviera tras él. Y si su instinto no le fallaba, Pierre estaba cerca en ese momento.

Le dieron ganas de levantar la cabeza y mirar hacia las ramas del árbol, pero no podía quitarle ojo a los dos hombres que tenía delante.

–Marie accedió al matrimonio. La habían educado para casarla conmigo. Yo sabía que entraría en razón pasado un tiempo. Así que le dije que si no se casaba conmigo, haría matar a Rabaut.

–¿Y le habría matado? –le preguntó A. J.

Girard se encogió de hombros.

–Le expliqué a Mary que le envenenaría la comida que le servían en comisaría. Fue entonces cuando prometió casarse conmigo; pero insistió en

143

que dejara libre a Rabaut y que no lo matara. Accedí con la condición de que él abandonara el país y no volviera a verlo. Para sellar nuestro acuerdo, le regalé el collar Abelard el día de nuestra boda.

–Incluso entonces estabas embelesado con ella –dijo Bernard–. Y ella solo ha traído la ruina a nuestra familia.

–¡No hables así de tu madre!

En cuanto Girard levantó el bastón para golpear a su hijo, Sam supo exactamente lo que haría A. J. La agarró al tiempo que ella se echaba hacia delante para empujar a Bernard, pero no consiguió atrapar el bastón. Al momento siguiente sintió un fuerte dolor en la sien.

–¡Sam! –A. J. se apartó de Bernard y corrió donde Sam había caído; tenía sangre en la sien, y entonces él gimió–. No se atreva a hacérselo otra vez –miró a Girard con rabia–. O l denunciaré por ataque con arma blanca e irá a la cárcel.

–Papá –dijo Bernard–. Ahora me toca a mí ocuparme del problema.

Cuando A. J. vio que Girard bajaba el bastón se volvió a Bernard y vio que este tenía una pistola. Sin duda los estaba apuntando a ellos.

–Quiero el collar, señorita Potter –dijo–. Y después vamos a dar un paseíto.

Hablaba con la misma calma que su padre, como si le hubiera pedido que le pasara el salero. Y sus ojos... Por primera vez se dio cuenta de que tal vez estuviera tan loco como Girard LaBrecque. Tenía que pensar, y conseguir que continuara hablando.

–¿Qué collar?

–El collar con el que Pierre salió del Museo Grenelle el jueves por la mañana. No se moleste en negarlo. Vi cómo Pierre se lo metía en el bolso. Estaba allí dentro de un coche al otro lado de la calle.

–¿Ella tiene el collar? –le preguntó su padre.

–Sí –dijo Bernard en voz baja–. Y me lo va a dar o de lo contrario le meteré una bala en el cuerpo al señor Romano.

A. J. se puso de pie con rapidez y se quitó el bolso del hombro.

–Eso es –Bernard extendió la mano libre.

«Entretenlo, entretenlo», se repetía en su mente.

–¿Cómo supo que Pierre iba a llevarse el collar?

–Porque hicimos un trato –contestó Bernard–. Mi padre no es el único de la familia que sabe hacerlos. Cuando Pierre se presentó para reclamar el collar, papá le dijo que íbamos a impugnar el testamento, que mamá no estaba en sus cabales cuando lo hizo. El caso habría tardado años en resolverse por vía judicial, de modo que le ofrecí al señor Rabaut un modo más rápido de acceder a su herencia. Lo único que tenía que hacer era robar el collar del Museo Grenelle cuando lo expusieran. Él obtendría el collar que mamá quería que él tuviera, y yo podría cobrar el dinero del seguro para financiar la ampliación de nuestros viñedos.

A. J. se apartó un poco de Sam sin acercarse a Bernard. Lo había visto abrir un ojo. Si era capaz de distraer a Bernard, tal vez Sam pudiera moverse.

–Iba a traicionarlo, ¿verdad? Contrató al tipo de la barba para que le robase el collar y se lo devolviera a usted, ¿no es así?

–Muy bien, señorita Potter. Tal vez mi padre tuviera razón al querer contratarla para representarnos. Pero me sobrestima. Contraté al tipo de la barba para matar a Pierre Rabaut y traerme después el collar. No quería cometer el mismo error que cometió mi padre al dejarlo con vida.

Con mucho cuidado, A. J. dio un paso hacia un

lado. Era una estrategia que había visto en las películas de policías. Bernard no podría apuntarlos a los dos a la vez.

–¿Y qué hay del conductor que se dio a la fuga?

–Mi padre lo contrató. Yo contraté al de la barba porque quería el collar. En cuanto tenga el dinero que me proporcionará el Abelard, podré hacer los cambios necesarios en LaBrecque International. Dese prisa, señorita Potter, o dispararé al señor Romano en la espalda. Tengo muy buena puntería.

A A. J. le zumbaron los oídos. Era miedo. No podía dejar que la dominara. Dio un paso adelante y sintió que la falda se le subía un poco.

¡La falda! Se había olvidado totalmente de ella. Avanzó un poco más, sintiendo cómo se le subía.

–¿Si sabía que yo tenía el collar, por qué secuestró a Pierre?

–Yo no secuestré a Pierre –dijo con rabia–. Él orquestó su desaparición. Ahora parece que nos ha invitado aquí.

A. J. sintió que las piezas del rompecabezas empezaban a encajar; pero no era el momento de ocuparse de eso. Ni siquiera podía pestañear. Estuvo casi segura de que vio la pistola temblarle un poco en la mano. Lo miró fijamente. Avanzó. Meneó las caderas. Entonces hizo una pausa.

–Cuando Pierre venga a rescatarla, yo mismo me ocuparé de él.

Mirada. Paso. Movimiento de caderas.

Después no estuvo segura de cuál había sido la secuencia de los acontecimientos. Se produjo un destello de luz, de eso estaba segura. Fue tan fuerte que Bernard y su padre se llevaron las manos a los ojos. En ese momento A. J. se lanzó sobre Bernard, agarrándolo de la mano donde tenía la pistola. Sam se unió a ella sin perder un segundo, lanzándose sobre Bernard por la cintura.

146

Por el rabillo del ojo aseguraría que alguien se acababa de tirar del árbol encima de Girard.

Le zumbaban los oídos. Al momento Luis y Tyrone estaban esposando a los LaBrecque y Sam la abrazaba. No fue capaz de escuchar lo que le dijo Pierre Rabaut mientras le tomaba la mano y se la besaba.

Capítulo Once

A. J. se sentó en la silla que Andrew le había dejado libre y tomó un pedazo de la pizza que el policía acababa de pedir. Sam tomó un pedazo también, pero no se sentó a su lado. Aún estaba enfadado con ella y no había dicho más de dos palabras desde el incidente en Central Park.

Los que tampoco habían abierto la boca eran los LaBrecque. Ambos se habían quedado como una tumba y exigido la presencia de un abogado nada más llegar la policía al parque.

El tío Jamison y Rodney habían llegado a la comisaría con cara de poco amigos; y su tío le había dicho que tenía que hablar con ella en cuanto terminara con los LaBrecque. Por la expresión triunfal en la cara de Rodney, A. J. supo que no serían buenas noticias.

—De acuerdo, Pierre —le dijo Andrew en cuanto terminó su pedazo de pizza—. Me estabas contando lo que hiciste con la joya cuando la sacaste de la vitrina.

—Quiero leer eso antes de que lo firme Pierre —dijo A. J.

—Relájate, abogada —dijo Andrew—. Te he dicho que no voy a presentar cargos contra tu cliente —alzó la mano para callarla—, aunque no debería haber planeado su propio secuestro. Y no debería haber robado el collar Abelard del museo, a pesar de que sea suyo.

—Objeto a la palabra «robar». Mi cliente jamás sacó el collar del museo; solo lo escondió en una de las tuberías de la calefacción para que estuviera se-

148

guro hasta que los tribunales determinaran que era suyo.

—Y no me secuestraron. Solo me fui a dar un paseo por el campo con unos amigos —dijo Pierre.

A. J. le sonrió de oreja a oreja. Le encantaban los clientes que seguían al pie de la letra sus instrucciones.

—Cambiemos de tema. ¿Por qué accediste a robar el collar? —le preguntó Andrew.

—Acepté el plan de Bernard porque me compraba un poco de tiempo.

—¿No se te ocurrió ir a la policía?

Pierre se encogió de hombros.

—Dudo que me hubieran creído. Y de todos modos, ¿qué podrían haber hecho?

Andrew suspiró.

—Fingí robar el collar y lo cambié por una copia porque quería darles cuerda suficiente para que se ahorcaran ellos solos. Pero no tuve intención de implicar a la señorita Potter ni poner su vida en peligro.

—¿Por qué mandó hacer dos copias?

—Porque sospeché que Bernard intentaría robármela. Quería ver qué harían cuando se enteraran de que era una copia.

—Y nada de eso irá en el informe —dij A. J.—. Entonces se volvió hacia Pierre—. Háblame de Marie.

—Era una joven encantadora, y muy romántica —dijo Pierre.

A. J. vio en sus ojos aquella mezcla de felicidad y tristeza que había visto antes.

—Debió de amarte mucho para casarse con Girard para salvarte la vida.

—Me amaba a su manera —dijo Pierre, y entonces se encogió de hombros—. Pero la habían educado a llevar el tipo de vida que Girard le hubiera dado. Tenía dudas sobre si debía abandonar el país conmigo o no. ¿Quién sabe?

—¿Por qué crees que te dejó el collar?

–¿Quién sabe? –repitió Pierre–. Tal vez después de cuarenta años se preguntaría lo que podría haber vivido de haber elegido otra cosa.

A. J. consideró la posibilidad mientras Pierre y Andrew repasaban su declaración. Entonces alguien se dirigió a ella.

–A. J., me gustaría hablar contigo un momento.

Se dio la vuelta y vio a su tío Jamison y a Rodney avanzando hacia ella.

Sam se interpuso en su camino.

–Está ocupada en este momento.

Su tío la miró.

–Solo será un momento.

Ella asintió y entonces se volvió hacia Pierre.

–No firmes nada sin que yo lo lea antes.

–Puedes usar la sala de interrogatorios –le dijo Andrew.

A. J. sintió que el dolor de cabeza iba en aumento mientras salía de la sala con su tío y su primo.

–Espero que estés satisfecha. Gracias a ti, Hancock, Potter y King ha perdido dos importantes clientes en un día.

–Rodney –empezó a decir Jamison.

–Es la verdad, padre. Los LaBrecque están en la cárcel gracias a A. J. Y ahora Parker Ellis Chase se lleva su caso a otra parte porque ella ya no trabaja con nosotros. Es todo culpa suya.

–Basta, Rodney.

A. J. los miró. Jamás había oído a su tío levantándole la voz a su hijo. La expresión de Rodney le hizo ver que estaba sorprendido y enfadado.

–Quiero que te disculpes con tu prima y después que salgas y me esperes fuera.

Por un momento Rodney miró furibundo a su padre, y A. J. estuvo segura de que se negaría. Pero en el último momento se volvió hacia ella.

–Por favor, acepta mis disculpas –entonces se dio la vuelta y salió de la habitación con agresividad.

Después de marcharse su primo, A. J. se quedó mirando a su tío. Había sido muy firme con Rodney, pero de pronto parecía... vacilante.

–Yo también te debo una disculpa –dijo finalmente Jamison–; por lo de anoche. Rodney estaba tan empeñado en que los LaBrecque se convirtieran en clientes nuestros. Pero debería habértelo consultado antes de devolver el dossier de Rabaut y de decirles a los LaBrecque que los aceptaríamos.

–Sí, deberías –dijo A. J.–. Pero no habría servido de nada. Habría seguido insistiendo en conservar a Pierre Rabaut.

Su tío sonrió levemente.

–Pero tal vez podría haber evitado tu dimisión –se aclaró la voz–. Anoche estabas disgustada. Una importante decisión profesional jamás debe ser tomada en caliente. Me gustaría que volvieras a la empresa.

A. J. lo miró sorprendida.

–Si te preocupa el conflicto de intereses entre Rabaut y los LaBrecque, no te preocupe. Les he recomendado un despacho muy bueno que está especializado en defensa criminal. Y si te preocupa lo que tu primo pueda hacer en contra tuya, yo me ocuparé de Rodney. También te prometo que Hancock, Potter y King te confiará más casos.

Le estaba ofreciendo todo lo que había deseado el primer día que se había puesto la falda. Bajó la vista y la miró maravillada.

–No tienes por qué contestar ahora. Solo quiero que me prometas que pensarás en lo que te he dicho.

A. J. lo miró.

–Supongo que puedo acceder a hacer eso.

Su tío asintió brevemente lo la cabeza antes de avanzar hacia la puerta. Al llegar volvió la cabeza.

–Parker Chase se pondrá en contacto contigo. Está muy complacido con lo que hiciste por su hijo.

Parece que el chico se está adaptando a ese sitio donde lo enviaste. No me sorprendería que también recibieras una llamada de Kirby y Caswell. Chase me dijo que llevaría allí su negocio con la condición de que te ofrecieran un empleo con posibilidades rápidas de asociación —Jamison la miró con seriedad—. Me ocuparé de que la oferta de Hancock, Potter y King sea igual a la de ellos.

Cuando su tío se hubo marchado, A. J. se quedó con la vista fija en la puerta unos segundos. Entonces se abrió y entró Sam.

—¿Estás bien?

—Acaba de ofrecerme mi empleo, y la posibilidad de que pronto me convierta en socia de la empresa —dijo medio atontada.

—Felicidades —dijo en tono seco—. Es lo que querías, ¿no?

A. J. lo miró. Eso no era lo único que quería.

—Estás enfadado conmigo —dijo ella.

—Sí. No —frunció el ceño y empezó a pasearse de un lado al otro—. Estoy más molesto conmigo mismo.

—¿Por qué?

—Necesitas alguien que cuide de ti.

Ella lo miró un momento. Estaba enfadado, pero también era todo lo que ella siempre había deseado.

—¿Te gustaría solicitar el puesto?

Él la miraba de hito en hito.

—Creo que trabajamos tan bien juntos como Sherlock y Watson. Así que se me ocurrió que podríamos hacer de ello algo permanente.

Él sonrió con facilidad. A A.J. casi le cedieron las rodillas cuando él la miró.

—¿Cómo de permanente?

—Veinticuatro horas al día, siete días a la semana.

—¿Durante cuántos años?

—Para siempre —dijo ella sonriente.

Estaba ya junto a ella cuando Sam le dijo:

–¿Me estás pidiendo que me case contigo, abogada?

Ella tomó aliento y lo soltó despacio.

–Sí.

Él sonrió más.

–Quiero que me des dos buenas razones.

A. J. levantó un dedo.

–En primer lugar, porque trabajamos bien juntos.

–Esta es mi A. J.

–Y en segundo, porque te amo.

Finalmente le agarró la cara con las dos manos.

–Y esta es mi Arianna. Y yo te amo a ti.

–Para siempre –dijo ella mientras él la besaba en los labios.

Mientras observaba a Sam y a A. J. besándose tras el cristal de espejo Andrew y Pierre habrían jurado que vieron brillar la falda.

Epílogo

Samantha, Claire y A. J. miraban con curiosidad las tres faldas negras que habían colocado sobre el sofá. Solo una de ellas tenía poderes. Sencillamente debían averiguar cuál.

Al día siguiente terminaba el alquiler del apartamento, y esa noche habían invitado a Josh, Mitch y Sam. En ese momento, Josh, el novio de Claire, descorchaba una botella de vino en la cocina. El nuevo amor de Samantha y Sam estaban en camino.

Las tres estaban convencidas de que habían llevado la falda auténtica en los momentos más importantes del último mes.

—Lo que pasa es que no estoy segura de cuál es la mágica.

Cuando Claire salió para abrirle la puerta a Mitch, se acercó para tocar la tela de la que ella pensaba que era la auténtica. Pero todas se parecían.

—Llegas a tiempo para ayudarnos a averiguar cuál es la falda mágica —Claire le dijo a Mitch mientras le conducía al salón.

—Sí, es crucial que demos con la auténtica —dijo A. J. con impaciencia.

—Yo pienso lo mismo —dijo Mitch—. He visto el efecto que tiene esa falda en los hombres y no quiero que mi mujer llame la atención de todos los hombres de la ciudad.

—Yo estoy de acuerdo —dijo Josh mientras les pasaba una copa de vino a cada una.

—Tal vez deberíamos probarnos las faldas —sugirió Samantha— y dejar que los chicos decidan.

—Me parece bien —dijo A. J., y sería más rápido

154

que esperar a que llegara Sam–. Vamos a cambiarnos –añadió mientras agarraba las faldas e iba hacia el dormitorio.

–¿Todo va bien entre tú y tu detective?

A. J. dejó las faldas sobre la mesa y se volvió.

–Más que bien. ¿Por qué?

–Bueno, como aún no ha llegado y tú dijiste que era crucial encontrar la verdadera.

–Lo es –dijo A. J. mientras se quitaba los tejanos y se ponía la que ella pensaba que era la auténtica–. Prometí prestársela a alguien –miró el reloj–. Y la necesito dentro de quince minutos.

–¿A quién? –preguntó Samantha.

Sus dos amigas se volvieron hacia ella.

–La señorita Higgenbotham.

–¿La señora Higgenbotham? –repitió Claire con sorpresa.

–Estás de broma.

–Lleva una semana tirándome indirectas, desde que Franco le dijo que gracias a la falda Cleo y Antoine se conocieron –le explicó A. J..–. Según él, Cleo se rozó con la falda en repetidas ocasiones cuando nosotras la sacamos de paseo.

–Y ahora la señora Higgenbotham quiere beneficiarse de la magia, ¿no? –dijo Claire–. ¿Tiene a alguien ya en mente?

–Oh, sí. Al padrino de Sam; el ladrón de joyas retirado –murmuró A. J.–. Le gustó desde que oyó hablar de él. Hasta ahora solo han hablado por teléfono. Pero hoy la ha invitado a su club de jazz. Es su primera cita, y me rogó que le prestáramos la falda. Sam y yo vamos a ir, y Franco también. Quiere escribir una novela sobre la falda que atrae a los hombres.

–La señora Higgenbotham y un ladrón de joyas retirado... –dijo Claire pensativamente–. Tal vez funcione.

Las tres se volvieron para mirarse en el espejo.

–Con nosotras ha funcionado. Las tres hemos

encontrado el verdadero amor –dijo A. J. mientras le tomaba la mano a Claire y esta a Samantha–. Creo que es hora de que dejemos que la falda funcione para otras personas –dijo Samantha mientras salían al pasillo.

Cuando entraron en el salón, A. J. vio inmediatamente a Sam. Estaba sentado en el sofá con Mitch y Josh.

–¿Bueno, cuál de nosotras lleva la falda mágica? –preguntó A. J..

Los hombres permanecieron un momento en silencio. Entonces Sam se levantó y fue hacia ella.

–Tú, y no creo que tengas razón para volver a ponértela.

A. J. miró a Josh y a Mitch.

–¿Estás de acuerdo con Sam?

–Sí –dijo Mitch–. A Claire no creo que le quedara nunca tan corta.

A. J. miró la falda y vio que ya se le había subido un poco. Rápidamente se tiró de ella.

–Tenemos que estar seguras.

Josh se aclaró la voz.

–Incluso cuando te la bajas... la falda mágica parece trasparente.

–Entonces hay unanimidad –dijo Samantha mientras se sentaba junto a Josh.

–Y significa que te la vas a quitar ahora mismo –le dijo Sam mirando el reloj–. Tenemos diez minutos para llevar a la señora Higgenbotham al club.

–¿Le vais a dar la falda a la señora Higgenbotham? –preguntó Josh.

A. J. miró a sus dos compañeras de piso y después a Sam.

–Quiere encontrar el verdadero amor, igual que nosotras.

–Que así sea –dijo Sam mientras alzaba su copa para brindar; cuando los demás alzaron sus copas, brindó con A. J.–. Por el verdadero amor.

Acepte 2 de nuestras mejores novelas de amor GRATIS

¡Y reciba un regalo sorpresa!

Oferta especial de tiempo limitado

Rellene el cupón y envíelo a

Harlequin Reader Service®

3010 Walden Ave.

P.O. Box 1867

Buffalo, N.Y. 14240-1867

¡Sí! Por favor, envíenme 2 novelas de amor de Harlequin (1 Bianca® y 1 Deseo®) gratis, más el regalo sorpresa. Luego remítanme 4 novelas nuevas todos los meses, las cuales recibiré mucho antes de que aparezcan en librerías, y factúrenme al bajo precio de $2,99 cada una, más $0,25 por envío e impuesto de ventas, si corresponde*. Este es el precio total, y es un ahorro de más del 10% sobre el precio de portada. !Una oferta excelente! Entiendo que el hecho de aceptar estos libros y el regalo no me obliga en forma alguna a la compra de libros adicionales. Y también que puedo devolver cualquier envío y cancelar en cualquier momento. Aún si decido no comprar ningún otro libro de Harlequin, los 2 libros gratis y el regalo sorpresa son míos para siempre.

416 BPA CESK

Nombre y apellido	(Por favor, letra de molde)

Dirección	Apartamento No.

Ciudad	Estado	Zona postal

Esta oferta se limita a un pedido por hogar y no está disponible para los subscriptores actuales de Deseo® y Bianca®.

*Los términos y precios quedan sujetos a cambios sin aviso previo.

Impuestos de ventas aplican en N.Y.

BIANCA.

Se encontró en la cama con un desconocido

Durante unas vacaciones en Mallorca y, al despertar de un increíble sueño erótico, Jessica se encontró en la cama con un desconocido. Zac Prescott estaba tan sorprendido como ella porque había acabado allí por accidente... aunque también era cierto que le encantaba lo que había encontrado a su lado. Aunque Jess le pidió que se marchara, en realidad se moría de ganas de seguir disfrutando de aquella dulce cercanía...

Cuando volvieron a verse, la atracción fue aún mayor... ¡Y Zac no dudó en hacerle una increíble proposición! Necesitaba a alguien que se hiciera pasar por su prometida para poder presentársela a su familia...

ARREBATO D
PASIÓN

Kay Thorp

Deseo ®

UNA PASIÓN INESPERADA

Emilie Rose

Con aquella voz inquietante y aquellos ojos cautivadores, Brand Lancher no era precisamente el cowboy despreocupado que una mujer independiente como Toni Swenson necesitaba para que la ayudara a concebir un hijo. Pero no tuvo las fuerzas suficientes para resistirse a los encantos de aquel desconocido tan sexy... y cuando la misión estuvo concluida, Toni volvió a la ciudad con la esperanza de que ocurriera un milagro...

En cuanto localizó a la bella seductora de ojos azules y se enteró de que su intención no era otra que asegurarse un heredero, Brand decidió que no se marcharía de allí dejando a su pequeño creciendo lejos de él...

El cowboy que la siguió a casa...

¡YA EN TU PUNTO DE VENTA!

BIANCA®

Ella le hizo una proposición indecente

Sara Stean abrió los ojos de par en par antes de cerrarlos con fuerza... «Dios mío, acabo de hacer una proposición indecente».

Aunque fue Sara la que dio el primer paso, llena de nervios y dudas, fue el millonario Sean Garvey el que tomó la iniciativa con su propia proposición. Sean quería casarse por conveniencia... y quería que Sara fuera la novia...

BODA FALSA

Kim Lawrence